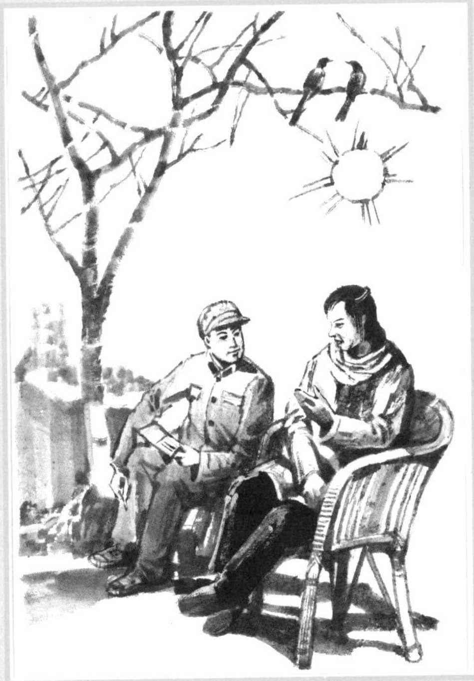

U0528897

母亲叙事

谢新源 / 著

人民文学出版社

图书在版编目（CIP）数据

母亲叙事/谢新源著. —北京：人民文学出版社，2018
ISBN 978-7-02-013566-0

Ⅰ.①母… Ⅱ.①谢… Ⅲ.①散文—中国—当代 Ⅳ.①I267

中国版本图书馆 CIP 数据核字（2017）第 302849 号

责任编辑　脚　印
装帧设计　李思安
责任印制　王重艺

出版发行　人民文学出版社
社　　址　北京市朝内大街 166 号
邮政编码　100705
网　　址　http://www.rw-cn.com

印　　刷　三河市宏盛印务有限公司
经　　销　全国新华书店等

字　　数　120 千字
开　　本　890 毫米×1290 毫米　1/32
印　　张　5.875　插页 3
印　　数　1—4000
版　　次　2018 年 3 月北京第 1 版
印　　次　2018 年 3 月第 1 次印刷

书　　号　978-7-02-013566-0
定　　价　32.00 元

如有印装质量问题，请与本社图书销售中心调换。电话：010-65233595

目 录

序：苦难叙事的别样天地／殷实　　001

引　子　　001

第一天　母亲说，她把自己卖掉了　　003

第二天　母亲说，她被爷爷买去了　　013

第三天　母亲说，她要被人抢走了　　021

第四天　母亲说，她和父亲相遇了　　033

第五天　母亲说，她们向南再向南　　047

第六天　母亲说，她们向北再向北　　071

第七天　母亲说，她们向西再向西　　091

第八天　母亲说，她像姜女哭长城　　107

第九天　母亲说，跟着你爸回老家　　123

第十天　我会说，母亲坠子情未了　　151

后　记：打开心扉却见彩虹　　172

序：苦难叙事的别样天地

事有凑巧，我在今年的母亲节前后，接到一本关于母亲的读物。翻阅不过几页，就被书稿中写到的那位母亲幼年时的遭遇感动落泪：一九四二年冬天，刚满十岁的"母亲"，在目睹两个哥哥被活活饿死后，主动要求父母以五块大洋把自己卖给了人贩子，心中想的是要救活自己奄奄一息的小哥哥……这是那位母亲生命中最黑暗的时刻吗？非也。其时，母亲的命运故事正要展开，父亲尚未出现，她与民间艺术——河南坠子书也并无交集。然而，作者谢新源在书中轻描淡写地交代，晚年的母亲有一次曾对他感慨万千且欣慰不已地说："当年我把自己卖对了，幸亏遇到你爷爷，他买我也买对了。"不知今天的读者，会如何看待这样的开始和结局。但我明白，自己遇到的这个故事是别样的，作者跳出了常见的苦难叙事，也就是社会控诉或批判的模式，很多情况下甚至超越了亲情利害，他通过对自己母亲一生的梳理而奉献给读者的，是有关天地之间生民自强的存亡事迹，是对中国乡土社会、民间文化、自然历史和草根精神的一次深度检索。

我惊异于作者沉静、慎思的行文和详实材料准备。他原本可能只是要铭记母爱，追溯亲缘，述说家族荣耀，为着完成一桩个人心愿，一次自我意义上的悲情写作。但写着写着，却是把对家世、血缘和亲情的追溯，还原到更为阔大的历史景深中去了，一个坚韧家族的繁衍，终成为直面苦难而坚定不屈的民族形象的代表，文章也借此从个体经验、个案自说的"家史"中跳脱出来，显示出了更加开阔的视野。《母亲叙事》，这本看上去言语平和、篇幅经济、少有情绪渲染的小书中，实则富含历史与现实、文化与文明、天地精神和社会人伦等多方面的信息，而且中国味道十足。

书中主线，自然是母亲赵翠婷的生命史，但我们会发现，作者注重的实际上是一位天才的民间艺术家的成长史，以及左右着此类艺术命运的政治、文化和社会史。如前所述，从"自愿"卖身于人贩，到幸运地被说唱坠子的名角赵广田买下，跟随其学艺，母亲赵翠婷经历了包括罚跪、挨饿、打手等严酷惩戒在内的学徒阶段之后，从说一些垫场小段到独立站场，开始接受"点折子"，说唱大部头长书。"《红楼梦》中的宝玉探病、黛玉葬花、黛玉背锹、宝玉哭灵；《西厢记》里的张生跳墙、书房幽会；《三国》中的华容道、孔明借箭、马失前蹄、箭射盔缨……"都是她拿手的曲目。十四五岁时，其说表功力，已达到"说忠臣负冤屈，铁心肠也须泪下；言两阵对垒，使雄夫壮志"的境界。这是一个充满了血泪和悲伤的苦难故事吗？好像不是。在中国数千年文化火种的播散过程中，一直都有通过典籍而接续的庙堂之尊尚，也有在民间艺人、巷陌歌谣中绵延的草根之通俗，虽有所谓阳春白雪和下里巴人之别，但在文化内涵、价值核心的传承方面，二者却又能奇迹般地统一起来，中华文明中的人文思想、道德伦理，并不会被割裂，而中国社会的艺术接受标准，向来也有雅俗共赏之说。所以我们会看到，一个传统意义上的民间艺术家，其自然生长和接受教育的状况是这样的：可以不问出身，可能不识一字，只靠口传心授和纯粹家庭环境的培养，即可成就一个人才，推动一门艺术。母亲赵翠婷的早期学艺之路，堪称标本。

透过坠子艺术家赵翠婷的命运故事，作者清晰地勾勒出一部坠子

书的文化史：清道光七年，开封以东五十里外的小乔庄，一个原本学唱三弦书的农家小伙乔治山，出师后不弹三弦，改用琴弓拉唱，并且改变原来弦不随腔的伴奏方法，唱一句拉一句，唱什么拉什么，受到欢迎。因其常唱的曲目叫《玉虎坠》，拉弦又是拖腔坠字，听曲者以为是听"坠子"，实则为"坠字"，此即这一民间说唱艺术形式的由来。据作者考证，一九一四年之前，坠子书的舞台上只有男艺人，一九一四年之后，河南坠子开始进入茶棚和其他演艺场所，开始有女艺人登台。第一位登台说唱河南坠子的女艺人是出生于开封府的张三妮。最初流传于豫东的河南坠子，范围逐渐扩大到山东、河北、陕西、甘肃、天津、北京。早期著名的演员有程万璇、李汝梅、丁志文等，二十世纪二十年代则出现了徐志荣、王志华两位知名女艺人，其中王志华即为本书作者母亲赵翠婷的养母，造诣非同一般，这些在史料中都有记载。

在阅读《母亲叙事》的过程中，我们发现，中国的民间艺术，在某种程度上其实是极为物质化的，也就是说，这样的说唱形式，更似一种"手艺"、一种"活计"，往往首先与吃饭活命而不是与"弘道"相联系。正如我们在书中所见，伴随母亲学艺生涯的，是世事的艰难和岁月的困顿，坠子书的发展传承，一如其他民间艺术的命运，也只能在国家的治乱中载沉载浮。二十世纪四十年代初，兵荒马乱中的西安六和茶社，聚集了不少各类民间艺术家。用作者的话说，那里一时的热闹程度，堪比天津南市、开封大相国寺和北京的天桥。但这些人首先想的恐怕还是西安城里相对的太平，而不见得是艺术的兴废。从人贩子手中买下了母亲的"爷爷"赵广田，本是河南杞县一带说唱坠子的名角，早些时候逃荒到西安，在六和茶社靠说唱坠子书维持生计。其时，西安的刘宗琴、刘兰芳两位女性坠子名家正被追捧。民间艺术的根本属性，决定了它不可能直接参与到启蒙、救亡图存一类宏大的叙事中去。不过，这些以娱乐底层民众作为谋生手段的民间艺术家们，除了在形式、技艺方面有其严格的自律外，在说唱内容，或者说在价值诉求上，还是和中国文化中的"诗教"传统有着千丝万缕的联系，如对家国忧患、伦常秩序的表达等等，这从战争时期他们会选择说唱《杨门女将》《岳飞传》等作品可见一斑。

因为差一点被强人从茶社掳走，养父赵广田、养母王志华早早撮合了赵翠婷与父亲的婚姻——实际上也是基于这个坠子之家安全考虑。作者的父亲谢式勋，时任国民党第三十四集团军司令官李文的侍卫副官——当时李文正率部在西安休整，他引领几位官太太到六合茶社看戏，姻缘凑巧。后西安解放，解放军周士第十八兵团、杨得志十九兵团步步紧逼，李文所部经汉中入川，驻守新津、成都、乐山一线，守驻新津机场，掩护蒋介石和国民党政府机关撤退台湾。这个坠子之家也一路跟随，短暂滞留成都。后李文部起义，接受刘伯承、邓小平部队改编，作者的父亲选择离开部队，和一家人于一九五〇年重返西安，再在六和茶社安顿下来。书写至此，《母亲叙事》早已不再单纯聚焦"家史"，而是将"坠子之家"于政权更迭之际漂泊的记叙，与该时段的"国史"同步展开。作者对抗战后期的内战形势，特别是国共两军在川陕一带的较量，包括当时双方的力量构成、军事布防及战事逆转，都因为父亲这一特殊身份而得以清楚呈现。书中的战争及政治叙事，粗中有细，逻辑清晰，陈述客观，并没有什么预设立场或特别的褒贬。

作者的父亲谢式勋，原本是国民党千军万马中的一个小兵，之所以被第三十四集团军副总司令李文提携身边，是因其在众人畏葸不前时敢于站出来，打马夜送鸡毛信，令上下刮目相看。那封信的内容，是命令三十里外的一个营立即出发去接受日本人缴械投降。而这位颇有一点侠肝义胆的父亲之所以入伍当兵，正是一心为了打日本鬼子，因为他的父亲——即作者的祖父——为掩护村民"跑鬼子"，曾经用土

枪袭击到村里搜刮财物的日本人小队而惨死于侵略者的刺刀之下,其后,日本人将全村人关进关帝庙,威逼众乡亲交代开枪者的家人,在狼狗和枪口威胁下却无一人开口。在伪保长打圆场,谎称开枪的是个打工的外乡人时,日本人才罢手,躲在人群里的作者的祖母和姑姑因此躲过一劫。讲述这段"村史",谢新源在意的并非是自己的家世苦难,而是中国人千锤百炼的"血性",他借一位社会学家之口总结之:"你的爷爷有血性,敢于拿一支土枪同日本人干一场一个人的战争;你们那个村的乡亲们有血性,数百人被关进一座大庙,庙门被关闭的那一刻,他们等于被推进了即将被活埋的万人坑,然而却没有一个人畏惧、懦弱,怒目而视反而令敌人胆寒;那位伪保长其实也充满了血性,他的机智果敢,丈夫情怀,未曾丧失中国人的良知,是血性的另一种写照。"此言无疑深中肯綮。

谢新源悉心数落出的"家事",看似是一种惯见的颠沛流离,但在他的写作中,却处处与"国事"相关联,而正是在这样的关联中,作者完成了对中国在摆脱侵略、实现民族解放过程中"人民"的地位及真实作用的书写。我们很难想象,凶残的日本强盗会因为普通民众所谓的"不畏强暴""大义凛然"而放下屠刀,隐忍、周旋、坚守,相依为命,就是对外敌无言的回答。因为就在此前,日本人曾经在一个名为单庄的邻村制造惨案,一日之内杀死五十四个村民,有温县县志为证。

坠子艺术家赵翠婷的人生和艺术巅峰,当是在一九四九年以后。新中国建立,传统艺术也要"说新唱新",宣传新思想,歌颂新生活。数百年来各自为戏的摊档,首次被集中统管,成立了文艺团体,"社会变革开始浸润到最底层民众的意识和观念里,一场思想的革命正悄无声息却是那样深刻地催生着精神的解放"。作者深切体会到:"母亲,觉醒着她从未觉醒过的灵魂。"当时内地支援建设大西北,一些文艺团体、艺术名家也积极参与其中，京剧名家李丽英、豫剧名家陈素贞，一度唱红兰州。大西北曲艺的活跃，让这个坠子之家心向往之，他们举家迁往兰州，在高原古城开唱河南坠子。他们到工厂和部队表演，作品被电台录音后播出，大受欢迎。他们还参与创作，把反映部队英雄事迹和社会新风尚的节目奉献给新时代的观众，像"罗盛教救崔颖""十女夸夫"等，赵翠婷被确定参加"抗美援朝慰问团"，后因停战未能成行；她还代表兰州市文化艺术界艺术家，被选举为兰州市人民代表大会代表。作者解析母亲那时的内心变化："现在的说唱不仅仅在让人为此而讨乐，好像还应该包含更为独特和深刻的作用。在此之前，母亲还从未如此专注地想过自己的说唱到底是为了什么……这会儿仿佛找到了艺人的价值所在……自从解放之后，自从来到兰州，自从进到录音棚里，到现在站在身穿军装的官兵面前，她还从来没有感觉到坠子的说唱既是职业，更是一种艺术的追求和向往。"一位民间艺术家，一个解放女性的身姿宛在眼前。

在书中，谢新源将坠子书定义为文艺轻骑："若想摆大场子，可鼓、弦、板齐上，四或五人同台；若欲简单，一人一把三弦，亦可自拉自唱，边走边唱。"说词，唱词，打板，"七分说，三分唱"，形式虽然简单，受欢迎的程度却超乎想象。坠子的传统内容，和其他民间戏剧、曲艺相似，多取材于中国历史故事、文学名著，百姓大都耳熟能详。在作者看来，坠子书在近百年的发生、发展，毫无疑问是中国民间文化的重要组成部分，如同历史上的《诗经》、乐府、巷陌谣谚，对我们的文明自有其独特的承担。同时，由于其底层性、草根性，甚至是前述的"物质性"因素，坠子书的普及性更强，大众化程度更高。赵翠婷自十二三岁开始说唱，十四五岁技艺趋于纯熟，从为求生、为活命而学艺说唱，到有了做人的价值感、使命感，被尊称为人民的艺术家，这也是艺术会反过来哺育人生、补益社会的最佳证明。谢新源认为：

"坠子书较之于母亲,那是一种韧性的生存精神。"这个判断极为精当。 中国文化之所以在历史上任何的极端、困厄中都能够生生不息,奥秘正在于其世俗化这一性质,世俗化方能经世致用,才可能助力生存。一个差一点被饥饿吞噬,命悬于人贩绳子上的寒门女孩,终成才气焕发的坠子艺术表演家,走出了超越功利的自我实现之路,这不能不说是一个奇迹,特别是在乱世之中。聚焦二十世纪中叶的坠子书说唱艺术,天津有"坠子皇后"乔清秀,北京的姚俊英、马玉萍、刘慧琴并称"京城三绝",山东也有代表人物郭文秋和徐玉兰,而作者的母亲赵翠婷,则首开坠子书在西北尤其兰州一代说唱的先河。

通读全书,最强烈的感受是,作者在这篇看上去是一气呵成的散文作品中,提供了一般意义上的散文根本无法提供的文学丰富性和艺术冲击力。我想,这一方面和这部作品题材的独特性甚至是唯一性有关,但更得益于作者在文体上的大胆拓展。我们看到,谢新源在一手素材(母亲的口述)和扎实史料的基础上,几乎采取了可以采取的任何文学手法。比如对情节、细节的合理虚构,对主要人物形象的适当刻画,包括对个别对话和心理活动的想象。还有细致入微的描写,特别是像对坠子书说唱本身的艺术效果,包括演艺环境、艺人的风格等,都呈现得十分生动。尤其是将回忆与史料并织,勾勒特定历史时空中的风云变幻,也相当精确,完全经得起推敲。从结构方式看,虽是长篇架构,却仍旧保持了夹叙夹议的特点,作者进出自如,无形中对坠子书说唱这一民间艺术的"史"与"论"都有所兼顾,且以一位具体的艺术家(母亲)的艺术实践道路不断予以佐证。从完成性来看,作者既显示出了长篇叙事散文一般的整体性思维和宏观掌控能力,也能在局部的情景、画面乃至"声音"处理上见出功夫。通篇叙述游刃有余,起承转合非常自然,看似巨细无遗,实则详略得当。语言方面,精简、克制、平淡,不事雕琢,无拖泥带水,少夸张渲染,即便时常碰触到的是坎坷境遇所带来的哀氛与悲伤，却罕见怨怒、忌恨的言辞。作为名副其实的散文作品，尽管篇幅巨大，我们看到作者在抒情性方面并未有丝毫削弱，他每每生发出的对乡土艺术生命力的惊奇，对社会历史跌宕翻覆的喟叹，对天地间生民的苦乐和坚毅不屈的感怀，都是以悲悯之心观照，也更富洞见与真知，体现了一个对中华文明的精髓价值了然于心的写作者的生命境界。

我和新源先生素昧平生，是这部书让我们相识，是他对母亲、家园，对华夏河岳山川的拳拳之心，促我写下了上面的文字。愿我们都继续靠着自己内心的谦卑，去同情地理解我们的历史文化"母体"，并在时代新风的吹拂下重塑未来。

殷 实

丁酉端午之前，记于北京

引 子

现在，我是越来越记恨时间的无情和残酷了。它原来一直在牵引和搅和着我的记忆及思绪。我向前行走着，它却向后抻着毫不放松，而且愈发地抻得紧。

母亲去世三周年的忌日那么快就要到了！

这段时间，我也突然开始悲切地幻想传说中的天堂了，它到底会是怎么样的况景：真的那般的美好和美妙，是个极乐的世界？

母亲她这老是托梦给我。

我这么快就度过了三年别离母亲的日子！

我想，母亲大概还想告诉我些什么，接着唠唠娘俩那些尚未说完的话。

夜深了,我却醒着;天快亮了,我依然醒着。我已无心倾听窗外那寡味并且毫无生机的天籁了,因为寂静中我一直在回想我们母子曾经长达十余天的拉家常,尤其母亲所讲述过的她那荡气回肠,曲折并不乏悲壮色彩的大半生往事。

那是二十世纪九十年代初,我在南方广州一所军校工作,业余时我便想写写母亲,母亲原本平凡之人,但在我看来她却不甘于平凡,一辈子都在追求着非凡。所以,我就有意选择了一个秋天的假期,接受着凉爽惬意的秋风吹拂,陪伴了母亲二十天,而其中十多天我都在倾听母亲的述说。

第一天　母亲说，她把自己卖掉了

"儿啊，你真的还没去，就握一下娘的手，用点儿劲呀！"外婆紧抓着二舅的小手，摇着，语音急切，几近哀号，声嘶力竭。

季节走入了隆冬，又子夜时分。北风裹挟着雪花，在天空中上下翻飞。

"是啊，儿，你就握握你娘的手吧！"外公也对着奄奄一息的二舅，哆哆嗦嗦地说。

"哐当"，肆虐的北风破门而入，雪片迸进屋子。两扇朽蚀的门板遽然弹回、相撞。

二舅的小手，还是从外婆那粗糙的手里垂落，软软地滑下床沿。

半个月前，大舅的小手也是这样从外婆那粗糙的手里垂落的，软软地滑下床沿。

半个月的时光，黑色凝聚而成。

这是一九四二年的冬天。整个一九四二年，是黑色凝聚而成的三百六十五天。

那年刚满十岁的母亲目睹了这一切。

七十三年后的初冬，我找来了《临颍县志》。

河南漯河临颍郑家庄，一九三二年阴历九月母亲出生于此。

民国三十一年（1942年），《临颍县志》有如下记载：

是年春夏大旱，夏秋两季只收二三成。在灾荒年中，国民党第一战区司令长官部派购临颍军麦一万二千包,第五战区司令长官部派购四万七千包,并限期送洛阳。运送途中,饥饿难行,人畜多死亡,有的丢掉牲畜空手返回。是年冬,贫苦农民已缺粮断炊,有的卖土地,有的卖衣物,沿街乞讨者到处可见,抢食夺饭者,时有所闻。而地主却趁此以百分之五百以上的高利贷剥削农民,以二三十斤粮食买一亩田地,致使土地财物大量集中,贫者愈贫,富者愈富。是年,在(县城)东关祖师庙设灾童收容所,卢振武负责。该所名为救贫扶孤,实则如同监狱,入所儿童动辄即遭打骂,救济物资被所方贪污自肥,儿童不得温饱。疫病流行,不予治疗,数百儿童全部死去,群众称该所为"阎王殿"。

中原大地,千里黄土,现在却满目疮痍,国难天灾,绿色难觅,累累白骨零落旷野。风雪贴附着地面,呼啸而来,卷起枯叶和草屑,连带着雪片甩向空中,浓郁的萧瑟之气在天地间弥漫升腾。

天幕低垂,云就像泼在它上面的焦墨。

二舅走后的第三天,三舅更小的柔弱的身子亦蜷缩成一团,皮包骨头,瘫软在床的一角,目光呆痴,滞望着屋顶。

外婆、外公绝望地坐在床头,已不敢再去握三舅的小手。

他们的心早已死去。

三舅,亦奄奄一息。

接二连三,令人如此目不忍睹的接二连三!

"谁家还卖?再买一个,我们就打道回府了。"

村口,人贩子在大声吆喝。清晨,郑家庄能走出门的男男女女、老老少少,麻木地围着他们,面黄肌瘦,或蹲或立,像在看一场悲情社戏。已被卖掉的二虎、大头、小强,人贩子将他们拢在一边,他们的爹或娘,大手扯小手,无不掩面而泣。

"娘、娘，我也跟他们走吧！"母亲那年虽才十岁，却已懂得五块大洋，至少眼下能救活三舅。

"……"外公、外婆目瞪口呆。

"三哥不能死，我也不想死！"母亲又说。家里就三舅这棵独苗了，理智和本能告诉母亲，三舅不能死！

"妮啊，要死咱就死在一起吧！"外婆和外公，也就母亲这么一个女儿啊！外婆嚎出声来。短短数日，她的所生所养，死的死、走的走，如此悲惨的变故，令人到中年的她真的就到了走投无路的境地！

"妮啊，爹这就带着你们，咱一块逃荒去。"外公亦无奈地摇头，中年汉子的眼里流下两行心碎的泪。

"来不及了，爹，三哥这就走不动路了，还是卖了我吧。"母亲哭求。

风雪仍在天空中搅和，树梢被吹出了令人心颤的尖啸声，路面浮土皆被掠去，裸露出煞白的辙道。已记不清有多少天没有做饭了，缺少了烟火气的屋宇，愈加冰冷，犹如寒窑。

"他爹，想活，也只有这条路可走了，让妮去吧。"外婆摇头挥手，绝望和万般无奈早已令她死了活下去的心。

"老总，再加几块大洋吧，俺这妮年岁大，都多养了好几年哪！"外公拉着母亲枯瘦的小手，想从人贩子那儿多要回几块大洋。

"多给几块？"人贩子拿眼斜视外公，翻了翻，露出煮熟剥了皮的鸡蛋样儿的眼白。

"没门！我们这是论人头，小了不要，大了也不要。"人贩子拔高嗓门，倚财仗势。

"多一块，就多一块！"外公哀求。

"老总，他俩儿子都饿死了，就可怜可怜行个好吧。"街邻们纷纷围过来，帮外公求情。

"唉，俺们辛苦一趟西安，也要跑个十天八天的，千里迢迢，一个人也就赚得两三块大洋，咋能再给他一块？"

太阳，升离苍茫的地平线，越过中天，向着午后的伏牛山滑落。

凸凸凹凹的村外土道上，北风打着旋儿，将枯叶吹到了半空。旷野上的残雪尚未消融，结成了冰雪坨子。一群乌鸦或是没有觅到果腹之食，在光秃的柿子树上扑打着无力的翅膀，叫出凄怆扎耳的"哇哇"声。

母亲他们被一根绳拴着，一串蚂蚱似的，跟在人贩子身后，朝村西走去，路面上投下他们颀长、瘦削的身影。

"妮子、妮子，等等！"外婆从村子里追出来。她一直躲在屋子里，骨肉离别，对于她来说视生如死。

"还要弄啥哩，弄啥哩？"人贩子和母亲他们停下脚步。

"妮啊，这根红绳子你还是带上，好路上避个邪吧。"外婆踉踉跄跄，眼窝里噙了满满的泪，将一根红绳子塞到母亲手里。它是今年母亲过生日时外婆特意从镇集买来的，说是装在兜子里可避邪，逢凶化吉。

"娘——啊！"母亲悲情、哀伤，想把持住不哭的她，终是难以抑制，长嚎一声，扑进外婆怀里。一直呆立村口目送母亲远去的外公，眼眶里的泪再也盛不住了，伴随着无声的抽泣，挂满了他的络腮胡子。

母亲的命运，从这会儿开始，便任由人贩子左右摆布了。

很快，他们进入了伏牛山区。为取捷径或为避贩卖人口之嫌，俩人贩子专挑羊肠小道走。尽管，他们正走着的这条路几乎人踪难觅，然而，俩人贩子还是要将孩子们用绳索串在一起，防备着他们逃脱。只有途中谁憋不住尿尿，或者吃饭，或者晚上住店，那绳索才有解开的可能。于是，崎岖的山路上，甚至还会打上几个滚；于是，他们每个人的手脖子上，被那绳索勒出的印痕，一日深似一日。

山区里天气无常，要么风尘弥漫，要么风雪撕扯，要么风雨交际。数九天，母亲他们身上是不可能有衣物添加的。白日里还好，人贩子像赶羊群似的，跟在他们后面的那个，吆喝或者手推脚踢，一再催促天潲雪了,稀稀疏疏,似有似无……母亲忍不来就寒战不止,听人贩子毫不迟evice地说要把她卖到大山里头,越发抖得厉害。

他们快走、走快，常常通身热汗。然而到了夜晚则寒气吹袭，令人难熬。俩人贩和二虎、大头、小强他们同挤在车马店大通铺的一端，可借以取暖。母亲则被扔进破陋的单人房里，往往是她用被子把自己像卷席子似的卷起来，靠着墙角抵过那寒冷、寂静、孤独的长夜。

母亲到底扛不住这严酷的自然摧残，她病了。这天夜里她迷迷糊糊睡去，半夜里醒来，浑身发着烧却又直打战，她不是被冻醒，分明是被烧醒的。

"就这妮事多！"人贩子早已不耐烦母亲，尤其每天每到一地，晚上要给她找个单独睡觉地方的时候。

"那也不能让她死了，她死了，打水漂的可不止五块大洋。"

"要不，咱提前把她……"

"走走再看。"

俩人贩子咕咕叨叨，还是让车马店的老板娘为母亲熬了碗姜汤。

一碗姜汤是无法让母亲退烧的，但到底姜汤的下肚逼出了身子里的寒气，母亲显出了些轻松。一串"蚂蚱"又开始在山沟壑间蠕动。

"老东家，这女娃留你这，咋样？"十天后的一个傍晚，母亲他们大概进入陕西地界，俩人贩子带着他们来到垒着高大门楼的一大户人家。

"多少钱？"五十开外的中年男人拉开厚厚的门板，端着长杆烟袋，探出头问。

他们隔着门缝对话，小心翼翼的样子。

"俺俩从您这门前路过也不止两三回了，知道您家缺童养媳。咋样，十块大洋。"门里的这位男人全身黑棉衣裤，穿戴还算整齐，头上歪着顶狗皮耳把帽，一副小财主模样。

"十块？你俩要了我命算了。我家里是缺人，可更缺钱呀！"黑衣财主将烟袋锅在鞋后跟上磕了磕，几粒火星便飞了出去。他大着声说。

"五块吧?你那河南闹慌,俺这商南也好不到哪里去,都不容易。"他又说。

"可不中,俺买他们每个都要五块哩。这女娃更贵,掏了七块。"他们讨价还价。

"那你们还是把她带到西安去好了。"

"她这不病了,发着高烧么。"

"那更不行,我还得为她抓药治病。"黑衣财主不为所动。

天落雪了,稀稀疏疏,似有似无。俩人贩还在纠缠。母亲原来就寒战不止,听人贩子毫不避讳地说要把她卖到这大山里头,越发抖得厉害。

惊悸或恐惧,令母亲的脸上冷泪悄然而流。她扭过头,目光绝望,求救似的看着二虎、大头、小强……她正无奈之时,第一次想到了临行前,外婆塞给她的那根红绳子,不禁心中默默。

"算了、算了,东家不愿成全咱,咱就还往西安赶吧。"大概价格没有谈拢,俩人贩子无趣地自言自语。

"哐当"。黑衣财主重重地关上门。

"快走!"人贩子使劲拽了母亲一把。

母亲逃过一劫。

从此,母亲就常常想到那根红绳子。

第二天　母亲说，她被爷爷买去了

一九四二年隆冬，古城西安。残破不堪的城墙和城门楼淹没在飞扬的尘土里，天地灰蒙。而街上行人倒不少，熙熙攘攘，四面八方逃难而来的人们都朝这儿涌。日本人的铁蹄这时还未踏过黄河，距黄河西南岸尚有些距离的西安城，这当儿似乎仍弥漫着一股太平的气息，让人感觉到还是块安身之地。

年关近了，街巷里的人更稠。人贩子带着母亲他们在路上走了大概半个月，跟着成群结队逃荒的人群。围着古城转悠了几天，作转手买卖的人贩子，二虎、大头、小强都被人买走了，就剩下母亲，还未找到买家，心里不免着急。他们身上的盘缠也快要用尽了。另外，过年他们更想赶回家，而回家得用钱。

走投无路的人们涉过黄河、渭河，越过商洛山、秦岭，都往这处暂且安静的地方涌来。这座城市早已疲惫不堪，街头行脚匆匆的人们，无不在为果腹和充饥而忙碌，谁还有多余的钱财去买人？当然，偌大的古城闲人也总是有的，而这里聚集闲人最多的地方六合茶社便是一处。

像天津的南市、开封的大相国寺、北京的天桥，北距西安老火车站也就一里多路的六合茶社，既是底层市民喝茶、下棋、打牌的消遣之所，又是达官贵人们看杂打、听秦腔、赏曲艺想热闹一番的地方。所以，一年四季这儿的人气最旺，就连即将燃烧到这儿的战火，甚或饥饿、灾荒、苦难，似乎都难以阻止他们前来此处寻乐的脚步，其盛况不亚于"倾城车马下天桥,多少游人不忆家"的北京天桥。

能够足以抵御这一切的,或许唯有文化!文化对人类心灵的滋养是无尽的,哪怕环境是如此之恶劣。

当然,六合茶社此刻正聚集着来自天南地北为数众多的民间艺术家们,他们也想在这里讨得一口饭吃。虽然用现在人的话叫他(她)们草根,而实际上这里面还真不缺乏精英。后来,成为我爷爷而并不叫他外公的赵广田,便是其中之一。他在茶社自立门户,说唱河南坠子。几位搭伙人回家过年,说是家里闹灾荒,没人顶门立户,年后就不再回来了,他正愁着往后这坠子还咋个说唱下去!

"让这妮留我这,五块大洋咋样?"人贩子摸索到六合茶社,爷爷对着他们说。

"五块?笑话吧,白送你啊!"人贩子拿眼轻蔑地斜爷爷。

"五块大洋还不干,我能买俩人呢,你信不?"爷爷像是更懂行情。

"这我信。可大哥,这妮俺们是花五块大洋买来的,在路上走了差不多半个月,又吃又住,您叫俺不赚还得赔,是吧?"

"您可不可怜俺们,可该可怜可怜这妮子呀,你俩可是地道的河南老乡啊!"人贩子这话倒是显出些诚挚。

果然,人贩子这番话触到爷爷情感角落那个极易被激活的触点。他微弯身子,拉过一直用惊恐的眼神张望着他的母亲的枯枝般的小手,再端详她因深深凹陷而变大了的但也因此现出一丝灵气的眼睛。

爷爷那会儿刚刚失去妻子、儿子,是正当壮年的王老五。他身边尚跟着亲生孤女福婷,可这女儿身上透不出丝毫艺人气息,这令他颇为失望。他急切地想带起一位新人,好与之同台献艺,也算后继有人。他慈爱地看着母亲,久久地,怎么觉得似乎他们在前生就似曾相识。他在想,冥冥中难道是他的另外一位女儿转世,早已来到了人世间,就等待着他们来相识?在福婷之前,爷爷是曾还有过一个孩子的,但

爷爷的这一牵，竟将两位素不相识，更无血缘的陌生路人，牵成了父女，拉扯出了日后的一大家子……

不知何故，婴儿胎死腹中。爷爷也曾猜想，这个早亡的孩子，应该是位女孩。事实上，福婷岁数比母亲稍大。

爷爷返回房间，从木匣子里毫不犹豫地数出十块大洋。

人贩子接过，拱手一笑，抽身而去。

"愿意跟我学艺吗？"爷爷问。

"愿意。"母亲答。

"那你就叫我声爹。"

母亲犹豫半晌："爹。"她轻轻叫出。

这是他们父女间的第一次对话。

母亲被爷爷牵进屋里。

爷爷的这一牵，竟将两位素不相识，更无血缘的陌生路人，牵成了父女，拉扯出了日后的一大家子人，成全了他去世之前我们祖孙三代。

那是个秋阳暖人的午后，我和母亲说着闲话，不知怎么就说到当年爷爷买回母亲的事情上来。母亲说，你爷爷其实就是心善，他们同病相怜。在买回母亲的两年前，爷爷虽然是河南杞县一带说唱河南坠子的名角，却也难以养活一家人，他的妻子、儿子先后饿死在盐碱地围绕着的小寨崔林村。实在活不下去，他不得不拉扯着同样骨瘦如柴的女儿福婷，且唱且行，一路乞讨，逃荒至西安，在同乡接济之下，于六合茶社谋得一席之地。

我仔细琢磨过母亲的话，依稀领悟到爷爷情感角落那个极易被激活的点，应该就是善和爱。爱由情生，难说缘或会由善而生？

爷爷为母亲取了新的名字：赵翠婷。

同时，爷爷开始教授母亲河南坠子。

关于河南坠子，我所知道的星星点点，也还是母亲曾向我讲述过的。

母亲说，河南坠子是农家小伙儿玩出的名曲。

九朝古都开封，向东去约四十里，有一处村落热闹了数百年。宋

代各路招讨元帅班师还朝均在此下马歇兵,名曰招讨营,是那时皇城开封四周声名远播的四大古镇之一。由此再朝东南方走出约三十里,一座清朝之前根本就名不见经传的小村庄——小乔庄就到了。

岂料,河南坠子正发端于此。

母亲也曾感到诧异,就那么一座毫不起眼的小村庄,怎么就弄出了那么大的动静?

但文化就是这样,不问出处,一旦土壤和气候适合,任何一种事物便会应运而生。河南坠子亦不例外。

清道光七年,小乔庄的这位农家小伙乔治山,因同辈中排行第二,人们还叫他乔老二。乔老二当年二十岁,随师傅在开封学唱三弦书。学唱之余,闲下手就捡来马尾在三弦上拉着玩,师傅嫌他烦,说他正经的三弦不用心练,玩马尾是不干正事,见一回训斥一回。但师傅一转脸,他就又拉上了,过了些日子,竟慢慢拉出字音来,反而觉得好听。出师后,演唱三弦书,他不用三弦弹,而去用琴弓拉着唱,并且改变原来弦不随腔的伴奏方法,唱一句拉一句,唱啥拉啥,越唱越好听,越唱越有些味儿,没想到受到听众的欢迎。他常唱的曲目叫《玉虎坠》,拉弦又是拖腔坠字,传来传去,来听曲的人都说是听坠子的。"坠子"之称其实是"坠字","字""子"同音,便成了这一说唱形式的名称。再到后来,因了开封是当时河南省会,诞生于此的坠子,自然最后被正式叫作"河南坠子"。

一种崭新的曲艺形式,就这样不显山不露水地萌发、生长。它或许还夹带着一种下里巴人的邂逅,但它却是真实而纯净的。并且丝毫不容怀疑的是,河南坠子自从它产生的那一天起,便承担起把民间信仰的思想或观念民俗化,继而传送到普通大众心中去的文化重任。这或许更是它此后日益兴盛并受众日增的最根本因素。

那么一个贪玩、年轻,又不是很听师傅话的乔老二,让我也感到不可理喻,他怎么就捯饬出了影响日巨且自成一派的坠子书呢?

崔林村在小乔庄之北,相距并不甚远。清末民初时,河南坠子宛如一阵轻风,自南而北缓缓吹来,到了杞县,像被芭蕉扇扇过一样,迅速吹遍了杞县的角角落落。县域之内凡大小村庄,或场或院,每天一到太阳落山,到处便可听到悠扬的坠胡声,此起彼伏的说唱,或慷慨激越,或沉缓错落。爷爷自幼受到这般沁人心脾、令人心旌摇荡的艺术熏陶,加之他天生好学和一副亮嗓音,不过十五六岁便唱出了名声。

年长之后,我开始学习写作,兴趣和爱好曾驱使我对文化和文艺的内涵,作过较为深入的探究:杞县,不过弹丸之地,河南坠子一旦传播到这里,便以井喷之势,遍传城乡,风靡社会,其根源或许就在于它是一种活的文化,是所谓草根民众最直接和鲜活的精神诉求。

母亲说她开始学唱河南坠子了,师傅自然是爷爷,此时爷爷的传授凭的是口口相传;所幸,只字不识的母亲,却有着不同寻常的记忆力,爷爷的每一次示范,包括必须记住的说词,只需三遍她便牢靠地记住,爷爷自是欣慰不已。

母亲,她的艺术人生伴随着古城春天的到来而开启。

第三天　母亲说，她要被人抢走了

春天踽踽蹒跚来到了苦难中的古城，街肆两旁的树梢上挂了薄薄的绿。脱去身上厚重且残破的棉衣，换上轻便一些的衣衫，即便逃荒要饭的，这时也显现出了一丝精神头儿。母亲似乎长高了个，脸庞上的菜色渐渐隐去，泛出层淡淡的红，胳膊上似乎多出了一圈肉，肤色由此而一日白似一日。她和福婷同住同吃，两人的个头、身形也差不多，爷爷只要给福婷添新衣或者女孩子喜爱的什么小饰物，自是少不了母亲的。所不同的是，母亲每日从早到晚既学说唱又要练功，以期出落个好身段。而福婷则只干些烧水、沏茶、洗衣、扫地、抹桌的粗杂活计。

福婷叫母亲妹妹。

爷爷年前离去的几位搭档伙计有言在先，自然不会再回来了，整个六合茶社别的摊子早已开张，唯他这边只见人在清唱却未见有人在听，不免清冷。但他看上去好像并不着急，当下他最急切的心思是赶着紧将母亲调教出来，好早一天出了师登台亮相。

而恰在这时，奶奶来了。

新来的奶奶，也是从河南杞县逃荒到西安的。不过，奶奶出生于河南单城，打小在单城学唱河南坠子，并且也唱成了名角。巧的是，奶奶不仅在岁数上和爷爷相仿，她说唱河南坠子的技艺亦不在爷爷之下。单城那一带说唱河南坠子流行《三国》，艺人们将一部《三国》分解成八十多个段子，可接连唱上几个月尚不重复。耳濡目染，唯有如此浓郁的说唱氛围，方可造就出诸如奶奶这样的女性名角。

更巧的是，奶奶还带来了她的女儿。这个女儿比母亲岁数略小。

奶奶同她杞县的丈夫先离婚，尔后逃荒来到西安。她听说六合茶社是曲艺演出最集中的地方，便摸到了这个地方，见到的第一个人，就是爷爷。

艺同情同，爷爷和奶奶很快便相互欣赏。

爷爷在和奶奶结婚那天，为奶奶带来的女儿也起了新名字，唤作赵凤婷。母亲这样便上有了姐、下有了妹。初来乍到，赵凤婷一时半刻找不到合适的事情做，爷爷说你就只有学唱河南坠子了，今后像你娘一样有能耐。凤婷心里虽不怎么喜欢，却也说不出个什么，只好也和母亲一样，开始学唱起河南坠子。

而奶奶的到来，使爷爷的茶社得以重新开张，成了名副其实的"夫妻档"。为了重新开唱，爷爷把曾拜他为师的琴师于圆德再请了回来。

奶奶名叫王志华。对于现在的她来说，夫唱妇随，尽管她的说唱技艺早已炉火纯青、声名远播。我后来在《杞县志》第二十六篇"文化"一节上，曾查阅到有关奶奶的记载：

> 杞县早期著名坠子演员有程万璇、李汝梅、丁志文等，及二十年代（二十世纪）后期的徐志荣、王志华两位女艺人。她们的唱腔吸收了二夹弦、河南曲子和多种民间小调，形成了新的唱腔流派……当时盛行女艺人演唱坠子小段活跃书场气氛，王志华就因一人能唱二百多个小段而名噪城乡。

奶奶的到来，更令母亲学说河南坠子的技艺突飞猛进。

又是在一个阳光爽朗的午后，我还是和母亲拉扯着闲话。母亲眼见着儿孙满堂，衣食无忧，过段时间就要从一座城市来到另外一座城市，轮换着到五个不同的地方，同天各一方的五位儿女、孙子、外孙子们

生活，她脸上荡溢出满足和幸福，对着我无不感慨万千且欣慰不已地说："当年我把自己卖对了，幸亏遇到你爷爷，他买我也买对了。"

人生无常，母亲虽然日后这样说，但在我看来，这一卖一买，并不可说是她个人的幸或不幸，对或不对，而千真万确的当是那个时代、社会的残酷和悲哀！因为她接下来的路，更是坎坷不堪。

母亲和凤婷姨的学艺之路是极其艰辛和痛苦的。这种艰辛和痛苦并非她俩不够勤奋和生性笨拙，也并非她俩不为爷爷所亲生，有意而为之。一则因了传说。在旧时的七十二行中，若欲求得"真传"，师傅们始终遵循着"严师出高徒""吃得苦中苦，方为人上人"的古训，爷爷把过去从他师傅那儿传承下来的诸多规矩，苛刻地用在两个女儿身上，再叠加上他自定的所谓"家教"，完全抛却"父亲"的身份，一旦两人说、唱、念、打上出了哪怕细微的纰漏，他非打即骂，亦完全不把她俩当作女孩儿看待。母亲和凤婷姨披星戴月，冬学三九，夏练三伏，罚跪、挨饿、打手、惩戒之严酷，常常令姊妹俩夜晚躲在被窝里暗自流泪。她俩受到了初为艺人该受或不该受到的所有苦难。

而奶奶此刻也未表现出丝毫的同情或怜悯，因为她身上不同凡响的技艺，也是从师傅的责骂声中或戒尺之下调教出来的。

再则，爷爷和奶奶的如此之严苛，正应和了此时民间曲艺发展和传承的大背景。而这却是件令人颇为费解的事情。在中国文化史或艺术史上，女艺人演艺于舞台似乎从不曾被冷落，无论官府或民间。但就说唱河南坠子来说，在1914年之前，坠子舞台上只有男艺人。他们在露天场院摆几条长凳，自拉自唱，几乎是"独角戏"。1914年之后，河南坠子开始进入茶棚和其他演艺场所，尤受山东梨花大鼓影响，开始逐渐有女艺人登台。这是件大事、新事，因为在河南坠子诞生之后的八十七年当中，就是河南最主要的剧种——豫剧，也不曾出现女演员的身影。母亲说，第一位登台说唱河南坠子的女艺人是出生于开封府的张三妮。起初，张三妮也只是在台上唱些垫场小段，为男艺人开开场。有了张三妮的开头，女艺人的身影开始越来越多地出现在曲棚和茶社。此刻的西安刘宗琴、刘兰芳两位女坠子名家，正被无数的坠子迷追捧着。

爷爷和奶奶在俩闺女身上如此之倾注心血，其用意不言自明，那就是寄希望于培养名声更响的女名角。

这个时期虽然兵荒马乱，日本人盘踞在黄河北岸虎视眈眈，但偏于一隅的西安，仍是河南人逃荒、求生、混几口饭吃而纷至沓来的"福"地。他们给予了河南坠子最高的忠诚度和最大的热情关注，这对于黄河边上诞生的这种正在显示其蓬勃生命力的民间曲艺来说，是其生存和继续兴盛下去的良田沃土。并且此时，河南坠子已唱出河南，传至山东、安徽，并风靡北京、天津。尤以北京为最。身为河南人的袁世凯，就曾把有名的坠子艺人赵言祥召到北京，在故宫连唱三天。"戏，不进京不响；曲，不入津不名"，天津虽以商而兴，却因曲而名，各路艺人能以到此赶"码头"为荣，若能在天津站得住脚，便算获得同行认可，具有了传唱四方的"资质"。然而，爷爷他们却不愿去凑这分"热闹"，他们以期在西安这块河南人聚集更多的古城，不仅传承或传唱，更寄希望于创新，打造另一处"曲艺码头"。爷爷就鼓励俩闺女学唱在戏剧演唱中方才使用的"花腔"，以增强女艺人说唱时的声音和韵味。可以说，爷爷、奶奶自觉或不自觉地肩负起"坠子再兴"的使命。

一九四四年大年初一，鞭炮声中母亲醒来，她从枕下的小包袱里掏出那根红绳，系于脚脖子上。母亲记得这该是她的本命年。

她想到了外婆和外公、三舅。她想哭，但过大年，她还是抑制住了。

名师出高徒。年后春开，母亲和凤婷姨开始相互替换着登台亮相。虽然只不过是说唱些垫场小段，大部头仍由奶奶担纲，却也在茶社间引发起偌大的轰动，十二三岁小姑娘能够说唱河南坠子，这本身就是

件值得传说的事。是时,夜色降临,六合茶社就爷爷、奶奶的这一摊档,一张方桌置于场子中央,其上仅摆一醒木。爷爷端坐在桌的一旁,像监考老师,一脸严肃地审视着母亲的一举一动。由他亲手调教的琴师于圆德小心翼翼拿出包裹得严实的琴弦,放在腿上,调弦、定音、试拉。母亲左手拢握着一双檀木简板,右手放于醒木。她微微弯曲身子静视于圆德片刻,见他在闭目静候,便稍抬右手,轻叩醒木,只听一声响来,弦动、板击,灯影恍惚里,于弦声、板击声中,乍然间夜不再寂静,诸声响起处一曲原汁原味、古韵质朴的乐音,骤然而出。而母亲唱腔落处,则撒下一地的岁月沧桑。她的说唱引领着听众,尝试着去追寻或久远或古老的记忆,捡拾着或遗失既久或正在被忽略的人世亲情,拨弄着人们难得敞开的心扉和遥远无踪的尘封记忆……母亲从内容最为简单的段子"偷石榴"说起,因为这一段子在拉法上用的是"上嘴",它活泼、轻快、流畅,很容易激发众听客高昂的情绪。

雏凤新声。尽管母亲只是在台上说唱不过五六分钟,但她所赢得的掌声却远远超过这个时间。

这是母亲平生赢得的第一次掌声!

坐在一旁的爷爷露出欣慰、满意的微笑。

奶奶竖起了大拇指。

艺术的种子开始在母亲的心田里发芽和生长了。

再两年之后,"七分说、三分唱",母亲的说表功力已达到"说忠臣负屈冤,铁心肠也须泪下;言两阵对垒,使雄夫壮志"的境界。母亲开始独立站场,接受"点折子",并已能够说唱大部头长书,《红楼梦》中的宝玉探病、黛玉葬花、黛玉背锹、宝玉哭灵;《西厢记》里的张生跳墙、书房幽会;《三国》中的华容道、孔明借箭、马失前蹄、箭射盔缨……

这时的母亲十四五岁,身子拔节,容貌姣好,目光不再阴郁,神情淡然而平和,举手投足间已隐约透出少女初长成的矜持、羞涩,青春的灵动、飞扬。我曾看到过母亲这一时期的照片：小巧嘴儿，唇红齿皓；眸似玉凝，明亮澄澈；时而秀发披肩，时而梳成两辫。身段还是娇小，却已是少女之态；面庞不免稚嫩，但充满朝阳般的气息。母亲，看来这时即将出落成文静、聪慧，而又不失活泼的招人喜欢的大姑娘了。

爷爷在六合茶社不动声色起用新人，并且是两位青春少女，自是引来众多听客关注。但谁也不曾料到，这竟会招来一场厄运。

一九四八年浅春。灞桥两岸的柳树隐绿初现，竹笋子般的大雁塔耸立于蒙蒙细雨中，烟笼雾罩，如梦似幻；曲江淙淙，一派八水绕长安的迷人意境。八百里秦川和塬峁上的麦苗儿如同婴孩初醒，伸肘蹬腿，返青拔节。城里人大概在这样的季节还没有开始忙碌。

茶社里每天人头攒动，熙熙攘攘。爷爷这处摊位几天来，突然现出位身材魁伟，方脸盘大背头，穿长袍戴礼帽、墨镜的听客。他天天一早到场，从开场听到收场，叫上一壶茶、一盘花生或瓜子，自顾自赏，而且出手阔绰，整天大都点母亲的"折子"。但令人不解的是他从没换过黑色长袍，也从不摘下墨镜以真面目示人。

这天接近黄昏，众听客正欲起身离场，母亲亦在收拾行头，好饭后小憩，滋养精神，接下来唱晚场大戏。这当儿，那位墨镜客招手，将爷爷叫到他身边，手指着母亲用浓重的陕西话说："叫她跟我去南山，出堂会。"南山，就是现在西安南边的终南山。

爷爷先是愣惊，"出堂会"是有的，但仅限城墙里面，无论名人、绅士，还是普通老百姓，祝寿、添丁、婚嫁，谈妥价格，点上几个折子，人到现场，唱完拿钱、走人，彼此并不多问，并且，提前三至五天预定。

显然，这位听客的"出堂会"并非大家约定俗成的那种。

"先生，抱歉，我们只在园子里说唱，不出园子。"爷爷说。

墨镜客从椅子里忽地站起身，拿脸横向爷爷。爷爷感受到那黑色的镜片后一定是愤怒而鄙视的眼神。

"哪点对您不周，您多担待些。"爷爷客气道。

母亲睁大眼睛，身上瑟瑟发抖，不知所措。

"今天走也得走，不走也得走！老子今天要定她了！"墨镜客提高嗓门，显出一派不可回绝的霸气。

爷爷眼见来者不善，忙使眼色给上茶伙计，让他去叫辆黄包车，欲将母亲从后门送出茶社。

"想溜掉不成？"墨镜客撩起长袍，从腰间唰地抽出盒子枪，啪地拍在桌上。

"闹园子了！"听客中有人惊呼，众人四下逃散。

"这儿还轮不到你霸道逞凶！"坐在一旁静观其变的于圆德，早放下了琴弦，只一个前跃，跳到墨镜客当面，搭步出手，就势扳住墨镜客胳膊，扭、扳、按，一气呵成，干净利落。

"师傅，你先边上去，让我来治治他。"于圆德劝爷爷到旁侧。

墨镜客哪里料到半路上会杀出个程咬金，怒不可遏，"嗨"的一声抖动双肩，挣扎着欲摆脱于圆德铁箍子似的双手。

"再动，我叫你骨折肌伤，人散肉裂。"于圆德毫不手软，厉声喝道。

这两个人，长相相似，块头相同，性格大概也相仿，身上功夫亦相近，只是看谁气势上占先，出手迅快而已。

说到于圆德，母亲的口吻就变得更为轻柔和亲切，充满了兄妹情愫，似乎这一辈子都怀揣着感恩之心绪。母亲说，于圆德出生在河南临近山东地界民权县一带，虽贫苦但那儿习武成风。他幼时体弱，童年开始跟着武功高强的父亲走南闯北，渐渐学武上瘾，到了成年不仅人长得膀粗腰圆，力气过人，性格上更似梁山好汉，身上功夫盖绝一方。冯玉祥当年驻扎中原，他万里挑一，被招进其护卫队，不过只五年光景，便凭其武功、血性性格当上营长。其间，冯玉祥的部队曾与日本人作战，他不幸被俘。日本人给他戴手铐、脚镣，欲上酷刑置其于死地，却三五个日本人近不了他身。日本人恼羞成怒，叫来更多的人。将他捉住扔进狼狗圈里，让狼狗群来撕咬，而他那身功夫却了得，于狼狗群里不仅仅凭拳脚将数只狼狗踢出圈外，更展其轻功绝技，跳墙、攀棚、飞檐，成功逃脱。日本人手忙脚乱，追着他连开数枪，他竟毫发无损。

不过，此一劫却令他对行伍生活倍感恐惧，习惯了云游四方，无拘无束，他觉得还是行走江湖、浪迹于称兄道弟之人群，快活且自在。他也不再回冯玉祥的护卫队了，拜爷爷为师，学拉起三弦来。

"你知道爷是干啥的吗？爷当年是冯将军身边红人，能从日本狼狗群里杀出条血路，就你这下三烂蚕贼，竟欺负到爷这来了。"于圆德说一句使一把劲。

那墨镜客倒也硬气，从未哀号："是好汉，你就跟我到南山里去理论！"

"老子就在这六合茶社候着，告诉你，我叫于圆德。再来时，不要忘了叫上你的那帮兄弟。"于圆德已十分清楚，这墨镜客正是传说在终南山落草为寇的土匪头子。

"你放我一马，咱后会有期。"墨镜客终是服软。

"一言为定。"于圆德放开双手。

墨镜客捡起地上礼帽，头也不抬，嘴里还不认输地啰唆："行、行……"转身就走。

"不送了。看你的枪。"于圆德对着墨镜客背影拖长了声说，将桌子上那把张开了机头的盒子枪顺手扔了过去。墨镜客倒也敏捷，转身接过，落荒而逃。

众听客重又围拢过来，吹口哨，尖声嚎，鼓长掌，为于圆德叫好。

于圆德微笑着，挥挥手，让众人赶紧回家吃饭去。他把茶社各摊摊主请了来，让大伙儿商讨对策，防备着那墨镜客再来闹场、砸园子。

母亲化险为夷。说唱声、琴声、梆子声、锣鼓声，此起彼伏，六

墨镜客哪里料到半路上会杀出个程咬金,怒不可遏,"嗨"的一声抖动双肩,挣扎着欲摆脱于圆德铁箍子似的双手。

合茶社恢复了热闹常态。然而，这一劫难投在爷爷、奶奶心上的阴影却没那么快就消失掉。

夜场戏打了烊，宾客尽散。初春的寒气裹挟着月辉星光，夜空暗淡，风去处，卷起尘土飞沙，迷迷蒙蒙。茶社里荡起一股萧瑟之气。爷爷奶奶更衣上床，却久不能眠，两人窃窃私语，欲寻思出个万全之策，摆脱日后可能遭遇到的大小劫难。

母亲这一夜很晚了也没睡着，她解开系在脚脖子上的那根红绳，搓了搓，捽了捽，重又系上。她落泪了，心里无时不在牵挂着的外公、外婆和三舅，乡关何处？甚至连个他们的死活她都不得而知……

母亲望了红绳许久，天快亮时，才发出轻微的鼾声。

今天，可真的又是外婆送的这根红绳保佑了她？

第四天　母亲说，她和父亲相遇了

母亲醒来天已大亮。她推开窗,屋外不知何时落下静静的一地雪。揉揉惺忪睡眼,她直怪奶奶为啥不早点叫醒她。因为爷爷曾立下的规矩是无论头天再晚,再苦,再累,第二天一定得早起练功。爷爷说:为武者拳不离手,咱们卖唱为生,攒本事靠的是曲不离口。

奶奶走过来,说:"不怪妮子你,是娘想让你多睡上一会。"奶奶想母亲昨个受了恁大的惊吓,晚上多半是睡不稳妥的。

春雪,像三月间的柳絮,仍在零零洒洒地飘着。它不经意地落,人们也没像企盼春雨般地关注它的存在。稍且平静了些的母亲隔窗而望,思绪就回到了数年前离开家乡时的情景中。她很是怕雪,怕北风吹袭门窗而拍打出的"哐哐"声,因为大舅和二舅都没能撑过这样的雪天。而她也正是在这风雪的弥漫中背井离乡,被人贩子卖到这几近千里之外的地方。

雪是白的,母亲的记忆却是黑色的,充满恐惧的黑色。

虽然是春天里不曾多见的雪天,但场子仍然照开。母亲心想,倒春寒这样的厉害,太阳光似乎都被冻成了冰凌,那才真叫寒光,听客一定不会太多,站在雪地里听坠子,那不白白找罪受么。可是,情景却完全颠覆了她之所想,前来捧场的听客好像更多出了一成。

一如往常,母亲略施薄粉,穿戴整齐,面含微笑,迈开轻盈碎步走入场内。她环视众听客,尤其,此刻的于圆德浓眉微蹙,虎目轻合,神情尤为投入地等待着她手中的檀木板"啪"地那么一叩。于圆德昨日的迅雷不及掩耳之势的出手，挽救母亲于危急之中，令母亲大为感动。她所遭遇的首次江湖之险被他瞬间化解为乌有，这位平时不怎么出声并不吝惜力气的憨实壮汉，一夜之间使得母亲寻着了安全的感觉。她晨间起床时尚且悬着的心始得平静，不知不觉，红唇缓启，低开高走，那字正腔圆的曲调便掠过众人耳畔，融入缤纷飞扬的雪花里……

奇怪的是，爷爷今天所说唱的下半场坠子，他的鼓点老是同曲调合不上拍子，不是慢便是快，该急促的竟赶不上点子，令于圆德要么拖腔要么催弦，台下众听客都觉得别扭，显然是爷爷分了心或走了神。昨晚，爷爷和奶奶靠在床头寻思了半宿，也没思量出个好办法，一旦墨镜客再次出现，如何化解这场危机？虽有于圆德在暂时顶着，能壮壮胆，但他无论如何抵挡不住人多势众，到那时墨镜客不仅抢走了人，整个六合茶社被他砸了场，也不是没有这个可能。所以，今天自打开场他都没能把持住自己，心里时刻提防着墨镜客会不会突然再闯场子，领着他那帮乌合之众。

好在，这一天平安过去。

但爷爷知道，这可能只是侥幸。

又开了三天的场子，墨镜客并未如约现身。越是这样，爷爷越发觉得，有一种莫名的恐惧，悄无声息地向整个茶社弥漫过来。

雪，停歇了，太阳穿云破雾投射出明亮的光线，天有些暖洋洋的。人们或为寻找阳光而来，或为取得温暖而来，这天的六合茶社人影繁密，更多了几分嘈杂。

"让开！让开！请让让！"随着吆喝声，几位穿着讲究，打扮入时，气质高雅，看去就是贵妇人气派的中年女人，走进茶社里来。偌大的茶社顿时安静下来，人们纷纷踮脚翘首，向着几位身份派头不一般的妇人们张望，窃窃私语，而走在前面引领着她们的正是我父亲。

父亲那年二十三岁，近一米八〇的个头，长方脸盘，眉长并目透

俊气，鼻梁挺直，口稍阔唇稍厚，写照出十足的忠厚义士范儿，加之身穿笔挺军服，既英武又洒脱。

母亲说，那一天也的确够奇怪，茶社里有那么多好听、好看、好玩的摊位，而你爸竟偏偏走到了你爷爷这边。其时，母亲正在说唱《杨家将》。母亲又说，她后来曾问过父亲为何不到别的场子上去？父亲说，那是几位夫人的意思，夫人们才入门便听到你又美又甜、韵味儿十足的声音，便说走到那边去，咱们女人听女人的说唱。当然，父亲是河南人，河南人听河南人的腔调，天然的契合，也自会来捧场子的。

或是因了这几位身份不同寻常的听客，众人看热闹也好探新鲜也罢，呼啦啦都朝母亲这边涌。

眼看有贵人不请自来，爷爷大概觉得这不啻喜从天降，不由得心劲焕发，早把那墨镜客来还是不来抛到了脑后，当起了茶伙计跑前跑后端茶倒水地侍应着。于圆德或是受到感染，弓满弦绷，拉出的音调或如泣如诉，或高亢明亮，或婉转悠扬。母亲则更容光焕发，嗓音圆润清纯，举手投足轻灵飘逸，或说到欢快一段眉飞色舞。尤其那说唱腔调，声情并茂，韵满味足，把女艺人出现后方产生的咿咿呀呀花腔，或慷慨激越或沉缓错落或悠远透亮，将坠子韵味淋漓尽致、浑然天成地表现出来，哪怕是板不击，唇未启，就那么一个场上造型，也能让台下众听客体味到至境无语、至高无声的艺术唯美。

母亲说，父亲来听她的这场坠子，是她说唱生涯的一个分界点，假如说以前每次在场子上的说唱还有少许的拘谨、生涩，于鼓弦之间的配合尚缺乏些默契，那么这次之后的说唱则完全摆脱了这种难以言明的无形羁绊，像从楼层爬到了楼顶，从四面围墙到豁然天开，驰目骋怀，随心所欲。母亲说她的艺术和胸襟迎来了一个新境界。

父亲则说："那一天，你妈她在台上说者自醉，我和夫人们在台下是听者自迷。"

初春的时候风清月朗。小雪后的古城淹没在月光中,城墙和门楼虽不免破败残缺,但仍散发出其巍峨挺拔掠人心魄的古都大气象。

黑暗,并不能包裹住一切。

曲终人散,然而爷爷、奶奶、于圆德和母亲却都觉得意犹未尽,音犹在耳。爷爷和母亲更甚之,但到底是怎么了却说不出个中缘由。身穿军装的父亲代替了长袍马褂的墨镜客,珠光宝气的贵妇人,让闻惯了汗馊味的他们呼吸到了香水的味道,有这样的听客爷爷不仅觉得面子十足,脸上有光,他更在意的是心里踏实。而母亲自学唱大部书(长篇)之后,一举改变说唱垫场小段的小家子小气派,越发受到追捧,作为艺人这是梦寐以求的。

曲声若命。

父亲他们离开场子时,爷爷亲自送到茶社门口,并不无讨好地说:"敢问长官贵姓?在下恭请诸位日后再来、再来!"父亲随口应道:"姓谢。会的、会的。"爷爷激动得有些失态,手舞足蹈,俨然收获到了一笔意外之财。他甚至半宿地躺在床上,辗转反侧,幻想着第二、第三天她们再来时又会是一种什么样的情景……

爷爷的失望情绪一直持续到第七天。那一天,父亲再次来到六合茶社,不过这回他独自一人。爷爷赶忙迎上前去,小心翼翼地问:"夫人们呢?"父亲说:"夫人们哪能光听你这坠子书?她们还要听秦腔、打牌、下棋、弹琴、吟诗作画,作乐的事项多得很。"噢!爷爷这才醒悟,他所说唱的这些河南坠子毕竟多为下里巴人所喜闻乐见,贵妇人们只不过玩腻了其他,方有兴趣到你这儿尝个鲜,偶尔为之罢了。

父亲后来说,他那时正做着国民党保定绥靖公署副主任、国民党第三十四集团军司令官李文的随从侍卫,而那几位贵妇人,正是这支国民党军高级军官们的太太。

父亲那会儿跟在李文身边,已经快五年。

父亲今日再来却是不一样的,他说他真的是被坠子浓郁的乡土韵味所深深吸引,而专门向司令夫人请了假的。尽管几位夫人没来,爷爷依然心满意足。对于他来说,只要有缘父亲这样一类身份的人来听说唱,墨镜客哪怕带再多的人来想闹出些什么事情,大概再也不敢轻举妄动,有所造次。爷爷先是招呼伙计为父亲沏上壶上好的茶,又亲自端上花生、瓜子和点心,令父亲感动不已。

父亲大概是这年阴历二月初来到西安的。在此之前的一九四七年十月,解放军华北军区杨得志、罗瑞卿野战兵团发起清风店战役,李文曾率第十六、九十四两军南下增援苦撑危局的国民党第三军,第三军最终还是被解放军所歼灭。他率部绕走陕西,至西安稍做休整。应该说这回是父亲第二次来陕西了。

这天,依然由母亲在台上说唱。不过,父亲穿着便装,来的其他听众又多,说唱历来投入的母亲并未注意到父亲的到来。父亲听到一半便抽身匆匆而回,台上的爷爷示意茶房伙计代他出门相送。茶伙计回来说,父亲突然想起总司令曾交代过他一件什么事是要赶在天黑前办妥的。

晚上吃饭的时候,茶房伙计端着饭碗凑到奶奶耳根,见母亲不在,低声说道:"师娘,我看把翠婷妹和那姓谢当兵的往一块撮合撮合,不是件挺好的美事?有这么位军人女婿给咱们撑台,别说墨镜客即便衙门里的官人还能怎的了咱们?"奶奶用诧异的目光打量那伙计,仿佛以前根本不认识他似的,半晌,用赞许的口吻说:"你去跟老爷说说,看咋样?"

其实爷爷早有此意,只是在纠结一旦把此话说出了口,父亲该会是个啥反应?军队上的规矩允不允许?

"您不好开口,他再来时我先去提提?"茶房伙计说。

爷爷沉思片刻,觉得颇有道理,点了点头:"那中。"爷爷觉得茶房伙计和父亲年龄相仿,父亲每次来他总是前后照应,沏茶添水,算是熟悉,若由他开玩笑般问问,先探口气,避免了尴尬且不显得唐突。

然而,父亲后面有半月许不曾再踏六合茶社的大门。爷爷和茶房伙计先是心头儿急,到后来则充满了沮丧和遗憾。

"叫我说呐,也许是咱妮既无这份福分,也无这份缘分。"奶奶倒是看得挺宽。

父亲最终还是来了。这令爷爷和茶房伙计欣喜不已:"咋恁久不来了?"茶房伙计问父亲。父亲说这一阵战事吃紧,总司令通宵达旦地指挥和布防部队,根本没闲下来的时候。茶房伙计觉得机不可失,便在送走父亲之前单刀直入向父亲提到了母亲。岂料,父亲更是直接,他说:"该没什么,司令太太前几天还曾问过我讨媳妇的事。"

父亲这次又是只小站了会儿,听母亲说唱一袋烟的工夫便匆匆离开。

"还是找个好日子同你们家师娘说说。"临出茶社大门父亲对着茶房伙计又说。这等于答应可以和母亲正式见面。

"中、中,我这就去操办!"茶房伙计连蹦带跳,在他看来他这回为赵家是做了件了不起的大事。奶奶听了茶房伙计报来的喜事,扬手将大腿一拍:"好事!好事!"并催促茶房伙计:"快去张罗,买些上等的好茶;客人净手后的毛巾也要换成新的;再预订上一桌饭菜。"

"闺女的事,你管。"晚上,爷爷又在那里辗转反侧,对着奶奶重复着同一句话,直到三更天才朦朦胧胧地睡去。

父亲第二天下午早早来到茶社,他没有到场子上去听母亲说唱,而是被茶房伙计带到奶奶面前。今天父亲改穿了军装,尤显器宇轩昂,挺拔伟岸。春日的阳光透出了久违的暖意,天色融融。他们俩的心情大概也像这春天的景色,明丽、恬淡、平和。头回正式见面,自然是奶奶问父亲答,于是,在午后斜阳的照射之下,父亲面对着奶奶述说

着他或长或短，或详或简的曲折身世。

父亲说，他叫谢式勋，一九二五年冬天出生在河南温县西部，与现在孟州市搭界的东城外村。这是一座十分美丽的村落。一条并不甚宽却清澈见底的潴龙河从村南流过，并在那里形成一道水丰岸曲的河湾。每年春夏秋三季，蜿蜒南去的河堤上要么绿柳掩映，鸟鸣蝶舞；河湾里要么荷叶覆水，花灿蛙唱；难得的那么一小块沙洲，要么野果飘香，苇秆摇曳。到后来，村里人在河堤上广植桃树，从五月桃到八月桃。如此，年年不待春节过完，那浓郁芬芳的桃花宛如一条彩虹，横卧广袤原野，云蒸霞蔚一般，村人们索性唤它桃花堤。而与之相匹配的是，这一带的文化底蕴尤为深厚。夏时，此域便建有古温国。春秋时，晋国在此建县，其间虽或有存毁，却一直延续至今。村西十几里的地方，便是唐宋八大家之首韩愈的诞生地；而其韩陵亦相去不远。村东不足五里的招贤镇孝敬里，三国大军事家、后追谥为宣帝的司马懿就出生在那里。再向东十余里，孔子最为得意的学生、二十四文贤之一的卜商，是那里的古贤村人。卜商，字子夏，"学而优则仕，仕而优则学""大德不逾闲，小德出入可也"，正是他的名言。他和冉雍合撰了《论语》；"诗书礼乐定于孔子，发明章句始于子夏"也说的是他。沉浸于几千年形成的治学氛围里，父亲年少时是读过私塾的，古文底子也不错，一手毛笔字俊逸而洒脱。

一九四三年初秋发生的那场悲剧，彻底改变了父亲的命运。或是遭遇了接二连三的灾荒年，这年的秋雨格外丰盈，土地原本就肥沃，那玉米就拔着节长，乌绿、粗壮，早早地现出一派丰收景象。为了挨过饥荒，三年前祖父便到村东一户富裕人家去扛长工。他那时四十来岁，正年富力强。东家门高院深，富甲方圆数十里，祖父每夜必须起身巡夜、打更，护卫着东家一家老小。

夜很黑，黑得如同钻进深邃的地道；夜很静，静得能听到玉米拔节儿生长的声音。五更时分,祖父再次起身,从床头摸过那杆土枪,拎过马灯,就向后院走去。自从日本鬼子在村东南十余里的单庄修筑了据点,过段时日就要扫荡一番,东家便立下规矩,每夜的巡更不得少于三遍。东家的后院临着街,院里地势较院外要高,探过墙头能够把大街上的情景看得一清二楚。后院还有一座窄窄的侧门,不常开,一旦打开,便可轻易地走到村口外面。祖父像往常那样,边走边侧耳倾听。俄尔,他也会拎起马灯照照门窗或者墙头,他熟悉这上面的哪怕一粒灰尘,是否被人动过看看便知。

万籁俱寂,也寻觅不到天上的星光。这样的夜色有些瘆人。祖父想快些走完,尽管他有怀里揣着的土枪壮胆,也还是在心里说能赶着趟儿回屋睡个回头觉。然而,就在他掉转身往回走的当儿,村口街头有几道电光划破夜空,似乎有不易察觉的人群嘈杂声。他立刻警觉起来,放下马灯,再次将头伸过墙头。这一看,一股凉气顺着脊骨直往头顶涌。借着那手电光,他模模糊糊看到一队日本鬼子正摸索着走进村里。

日本人盘踞于此已有一段日子了,驻扎在黄河滩的单庄村。他们除了扼守黄河天险,还会时不时摸进周围村庄,烧杀抢掠一番。离单庄近些的村大都建起了联防队,只要鬼子有动静大家夺门就跑,叫"跑鬼子"。离远点儿的村子多数没有这样的群众组织,所以敌人摸进了村里大家都还不知道,此时东城外即是如此。祖父惊出了一身汗。鬼子们显然没发现高墙内的祖父,仍轻着手脚向村里摸进来。祖父下意识地抄起土枪,架在墙头,以减轻手抖而给枪带来的晃动。稍倾,他又抽回了枪:在这儿开枪,鬼子刚好循着枪响更加疯狂地扑进村子,并且村里人就是听到枪声肯定也是跑不赢的。祖父似乎没再多想,他从腰间解下钥匙,轻轻打开后侧门,丢下马灯,闪身而出。他跑到距街口不远的一座高高井台上,趴在台坡上瞄准鬼子,朝正在街口蠕动黑

黢黢的鬼子群扣动扳机。

"砰！"枪声并不清脆，但传得很远，相信足以惊醒村里正在沉睡的人们。

鬼子或是惊骇了，哪儿的枪响？他们下意识地如同毛驴打滚般，扑扑通通滚满一地。

"砰！"又一枪，鬼子中传出一声惨叫。这一枪一定是击中了哪个可恶的鬼子。

叭！叭！叭！鬼子们是不曾料到这偏僻破陋的小村庄里，竟会有抗击的枪声，终是忍不住开始向井台疯狂射击。

见鬼子们掉转了枪口，祖父迅速起身，提枪弯腰，沿街向村北跑去。村北，几座村子所种植的玉米地连缀成了一片，天然青纱帐，只要钻了进去，鬼子们是绝对找不到他的。

"死拉、死拉！死拉、死拉！"鬼子们嚎叫，纷纷从地上爬起，边射击边向祖父追赶过来。

嗖、嗖的子弹从祖父身边飞过，他几乎就要被击中。

祖父终于跑到村外，路的那边便是一望无际的玉米地了。可是，当他再向前跑到路那一边的时候，长长一堵新建的围墙残酷地将他与玉米地分隔了开来。这堵墙他也是知道的，玉米地紧挨着村庄，如果没有这道墙的存在，猪、鸡、牛、羊便可轻而易举地跑过去。往年，挨着村边的玉米苗在被蝗虫吞噬之前，差不多都会遭受猪、鸡、牛、羊的糟蹋。

祖父跑到墙边，在平时随便纵身一跃，即可翻越的围墙，今个儿他扑到墙前腿却就是抬不起来，像绑着两块大石头。土枪被他早已扔掉，手里空无一物，双手也早抓在了墙沿，只欠纵身一跳。他的双脚死劲地蹬地，但如同噩梦中那样，就是用不上那股劲……

东方天际，一抹白色轻露微启，黑暗被消融在了那抹白色里，大

鬼子们把闪烁着由那排白色照射而生发出寒光的枪刺,残忍地刺向祖父……

地上的万物显现出了不甚清晰的轮廓。鬼子们已经确认祖父是跳不过那堵墙了,他们不再开枪,止住了嚎叫而变成嚎笑。当逼近祖父的时候,他们毫不犹豫地把闪烁着由那抹白色照射而生发出寒光的枪刺,残忍地刺向祖父……

鬼子们捅、刺、挑,把刺刀用到了极致。

祖父倒在一摊殷红的血泊里。

鬼子们再扑进村子时,村子里空无一人。他们扑了空:村人们挎起早已捆扎好的包裹,沿着潞龙河堤一路向南,消失在河川当中的芦苇荡里。

"今儿个就先说到这里吧,啥时你再来,咱娘俩儿接着叨叨。"奶奶大概觉得说话的时间够长了,怕耽搁父亲队伍上的事。其实,后来奶奶说,是当她听到鬼子用刺刀刺死我祖父时,心中发酸,泪水噙在眼眶里,欲滴未滴。她担心失态,赶紧让父亲拢住了话头。

还是茶房伙计送父亲离开茶社。本来是安顿父亲吃罢饭再走,他说不行,司令身边的事太多。茶房伙计回来后扮着几分神秘对奶奶说,临出门父亲又掉过头走到场子前,看了眼正在台上说唱的母亲后才最终走出茶社的。

"真的?"奶奶问。

第五天　母亲说，她们向南再向南

母亲说，她对爷爷、奶奶从中撮合她与父亲相识有所感觉，是在父亲再次带军官太太们来听她说唱。这次来与前回不同，太太们虽然仍围坐在八仙桌旁，一边听她说唱一边享用茶水、点心或者瓜子、花生之类小吃，但神情却大不相同，前回她们的情绪会随着唱本内容的悲喜哀乐而发出会心的微笑、无所适从的沮丧，或者额首频频地点赞。这回她们却将更多的目光投放在了母亲的脸盘、发际、身段、衣着和举止上，交头接耳，指指点点，评首论足。母亲在台上偶尔也会用余光从她们面前扫过，与她们的目光相遇，便生发出隐隐约约的不自在。而且，当她们离开场子时，爷爷一反常态，催促母亲赶紧换下演出妆具，陪着把她们客客气气送至茶社门外。

"福婷姐嫁人了，看样子该轮到翠婷姐你了！"晚上，调皮的喜婷爬到母亲床头，点着母亲的鼻头说。

"去，你懂个啥。"母亲对这位新来的颇为任性的妹妹打心里是喜爱的，常常把凤婷晾在一边，她们俩钻在一个被窝说闹嬉笑。

前年春上，一向老实巴交的大姐福婷到了该出嫁的年龄，恰好咸阳永乐镇党家岩一户人家登门求亲，爷爷、奶奶见那户人家家境还算殷实，未来女婿憨厚、本分，又想福婷原本在家也是干粗活的，城里人下嫁乡下，虽委屈但能让人家高看一眼，未必不是件好事，便满口答应。

福婷睡的那张床空下来，屋里少了位操持家务的人，不免清冷、凌乱，爷爷和奶奶就商量再收养一位闺女，由爷爷教、母亲带。开场子时母亲说唱长书、整本书，凤婷则说些垫场小段，奶奶省下时间和精力打理家务兼管账目。他们心里这样想，西安近郊三塬一户贫苦农家，孩子多养着艰难，小女儿说她想学流浪艺人卖唱为生，老实巴巴的父母四处托人，为她寻找合适的师傅。这事儿不知怎的传到爷爷耳朵里，约了那户人家。那对老夫妻一个劲儿说，女子算是送给你们，送给你们了！两家人一说即合。那农家女不过十二三岁，却长得水灵，比凤婷更显聪慧，又嘴儿甜，爷爷、奶奶喜不自胜，便给她取了新的名字——喜婷。

"姐姐你放心，即使爹娘把你许给了那姓谢的，肯定不会像福婷姐那样远离家门的，要不咱这坠子咋说唱下去啊？"凤婷到底更懂事。

"有你么。"

"我？差得远呐！"

两个不同性格的姑娘，年龄都不大，却各有了难以揣摩的心事。

古城里的春意越发的浓，鸽子在城墙上空或城楼四周盘旋，脚脖子上所携带的哨子发出响亮而清脆悠长的声音。鸟儿在窗外的树上蹦来跳去，叽喳鸣叫，令人神情愉悦。原本是春眠不觉晓，母亲却说她在这个晚上失眠了，第一次。她真的尚未弄清女孩子为何一定要嫁到别人家里去，去和一位陌生的男人生活？还不清楚嫁人到底是怎么一回事，就要面对这即将开启的人生又一幕了。

坠子上午九点半依时开场。今日不同的是开门迎客时，两位戴礼帽、墨镜的客人，早早抢到一处位子，端端地等待着母亲上台。来者不善，爷爷眼见两位陌生人走进茶社就立刻警觉起来。他临时改变主意叫凤婷先唱，示意茶房伙计将母亲赶紧送出茶社。岂料，正当母亲卸妆时父亲却陪着一位长官模样的人走进来。

"咋了？"父亲问茶房伙计。

茶房伙计努努嘴，瞄瞄那两位墨镜客。父亲立刻明白了茶房伙计的意思。

"去告诉赵班主，我们军需处胡处长今天来听坠子，叫他卖点劲。"父亲对茶房伙计说。他让母亲不必卸妆，这就回到台上去，随后引领胡处长走向场子。

"赵班主，今天我们胡处长大驾光临，请翠婷小姐说唱'草船借箭'好了。"父亲和胡处长专门靠那两位墨镜客的位置坐下来，就向台子上的爷爷喊道。

"好嘞！"爷爷好似看到了救星。

"听说茶社这几天不安宁？你到这地方去找宪兵队的钟大队长，就说是谢副官请他们来茶社里查查。"父亲示意茶房伙计，把他召到身边吩咐道。

"好嘞！"茶房伙计好似搬到了救兵。

两位墨镜客刚才还气势凶煞，见两位身穿国民党军服的听客如此之器重母亲，感觉到他们似乎就是冲着他俩来的，这样的来头如若再待下去，那不就是自撞枪口？趁着开场前的杂乱，悄无声息，或心有不甘地溜出茶社。

这回，母亲似乎明白了爷爷、奶奶指她为婚的用意了。

上午的说唱散场，胡处长被他的勤务兵接走，奶奶把父亲叫到她房间："你家里还有啥人？"

"没有了，就我一人。"父亲说。

"那你是咋当的兵？"

父亲沉思片刻，思绪又重回到祖父被日本鬼子刺死的情境中去。

鬼子们几乎扑了个空。天亮时他们赶着抢来的猪、牛、羊往单庄走去，枪刺上挂着的数只鸡，仍在扑腾挣扎，呱呱乱叫。乡亲们从河川中的芦苇荡里陆陆续续返回村中。父亲和叔叔、姑姑、祖母寻到祖父，他人已变得僵硬。村人们也都赶了过来，有的抱竹席，有的抱棉被，将祖父抬回我家前院。村长请了风水先生来，又带着几位壮汉到我家祖坟去挖墓。他和祖母商量，在家停灵三天，好让乡亲们前来哭丧。人们正在忙碌，住在村东的大头王气喘吁吁地跑进院，对着村长喊："大事不好，鬼子杀……杀回马枪，又……又折了个圈，返回来了！"

狡猾的鬼子心有不甘，令伙夫之类的勤杂人员赶着猪牛羊回单庄炮楼，大部分鬼子掉转枪口，趁乡亲们立足未稳放松了警觉，准备第二次扫荡。

"咋办？"村长问祖母。

"先埋人吧。"祖母只好说。

墓坑才挖到三尺深，做棺材的木头还没开锯好，村长连忙招呼数人，把祖父血迹斑斑、直挺挺的躯体就用竹席那么一卷，匆匆放进三尺深的墓穴里去。

祖父这年才四十岁出头。

祖父自躺进这三尺墓坑，直到今天，七十余年没人再去惊动过他。父亲后来说，风水先生曾对他讲：你家老人埋得浅，连个棺木都没有，那是天意，非人为；但你家老人长眠的那块小地方，亦属吉地，是块风水宝地，以不再动土为好。我们兄弟年长后，曾想捡殓祖父的遗骨，隆重些再葬，父亲一直没有答应。他相信风水先生的话。

鬼子们再次扑空，终气急败坏，放了把火，将村西的谢家祠堂烧毁了三间，扬长而去。

"我要找队伍，寻鬼子报仇！"当父亲从失去祖父的悲痛中平静下来，他扯着祖母的胳膊，就要奔洛阳而去。他听从洛阳回来的人说，那里有打鬼子的部队正在招兵买马。

儿大不容拦，祖母收拾好包裹，搭在父亲肩头，和叔叔姑姑一同送他出村。这年父亲刚刚十八岁。

那时，洛阳是离我的家乡最近的大城市，有不少乡亲到那里去做小本生意。

三天后，父亲徒步来到洛阳城边，在城门口，一位穿军服长官模样的人正带着几个兵在那里拉人。父亲走上前去，只问了句"你们打日本鬼子吗？""打、打、打，我们当然是打鬼子的队伍！"他们说，不容父亲再多问，便将他推上一辆军用敞篷卡车。

再三天，这辆卡车先西出函谷关，又过黄河风陵渡，途经华山西岳大庙，最后抵达陕西大荔。父亲被编入钢炮连，到了这时，他方明白他被强行拉进的这支队伍是正规的国民党军，隶属第三十四集团军，而集团军的副总司令正是李文。一九四五年一月，李文升任集团军总司令，统率第一、第十六、第九十等三个军六个师近十万人。这年八月，父亲来到李文身边，做他的贴身卫士，十月便跟着李文移防北平。

当然，父亲不过是国民党千军万马中一小小兵卒，能被李文这位集团军总司令相中，亦不仅仅靠的运气，是他做了件显出军人勇敢性格的惹人眼的事儿。父亲说，一九四五年八月间，一天深夜，他和众兄弟们正睡得香，团长突然把他们整排人吼醒，手里扬着插有三根鸡毛的信，说有紧急命令，必须派人赶天亮前送到三十里外的三营。

众人呆立床前，相对瞪眼，不听谁吭声。因为前去三营，大家都知道有一处百亩坟地是必经之路。那坟地里不仅坟头密密麻麻，而且碑石横陈，古柏参天，"鬼灯"隐约，阴森瘆人。更有武艺高强打家劫舍拦路抢掠的强盗，即便大白天亦三五成群，藏匿于乱草丛中，连镖局的人都不愿走。"我去。"父亲站了出来。这令团长大为感动，立刻命人牵来一匹马，让父亲把鸡毛信揣进怀里。

父亲说，他那时年轻气盛，心想连长官交代的事都做不来，算不上好兵。而那匹高头大马，鞍都没来得及配。到了坟地边，他用手里的柳条狠抽马屁股，那家伙长嚎一声，四蹄长风，借着月光，箭一样冲入坟地。父亲紧贴马背，双手抓死马鬃，闭上眼不过一口气也就奔过了坟地。后来父亲知道那封鸡毛信是命令三营马上出发去接受日本鬼子缴械投降的。

这事传到李文那里，他亲自来到钢炮连见过父亲，随即就叫父亲跟他走。

"你的身世挺苦的么，也很不简单。"奶奶对眼前英俊洒脱又诚实敦厚、侠肝义胆的父亲开始另眼相看。她让于圆德和茶房伙计陪父亲吃午饭。临出门她又对父亲说："过两天于师傅找你可能有些事叨叨，甭忘了。"意味深长。

"知道了。"父亲回头应道。

"要我说，这件事是该定下来了，那姓谢的小伙还挺不错的。"晚上，奶奶同爷爷商量。

"我看也是，不过，不知翠婷妮会有啥想法？"爷爷担心母亲会不答应。因为他知道母亲毕竟年纪还小了点。

"我去同她好好说说，咱们这也是没有办法，茶社后面得有人撑；再说，遇到姓谢这小伙子也不易，人家不仅长得高大英俊勇武，还跟着那么一位当大官的，这是缘。她该有福了。"奶奶心里早有了打算，觉得十有八九能成事。

"你的意思是让于圆德去给谢先生正式讲一声？"

"于圆德也当过兵，他出面妥当些。再说，谢先生大概心里早有数了。"

人的命运，这时完全不是因了岁月的改变，而是世道在左右着。父亲后来在闲暇时也回忆道："我都没想到会在那样兵荒马乱的年月认识你妈。倒也是这年月的混乱不堪，破坏了多少人的好事，多少人的好事又在这里面成全了。"

春天进入了四月，城墙脚下的护城河，水清荷洁，草长花开；人

们大都脱下了越冬棉衣，步履轻盈而行色不免匆急。忙碌季节，白日里来听说唱的闲人陡地减少，爷爷说白天咱就不开场了，学唱新段子，晚上再接待客人。爷爷开始有意识培养凤婷和喜婷，给凤婷找来一大摞本子，一日一背；而把喜婷交给了母亲，由母亲一招一式地教授，奶奶则在一旁督促着。

"妮子，过来，娘给你说件事。"学唱间隙，奶奶挥手把母亲招到一旁。

"娘，你不用说了。我知道您和爹爹的意思，您说咋办就咋办。"母亲垂首于奶奶面前，手儿捋着搭在胸际的长辫，面含羞怯却透着真诚。

母亲说，爷爷和奶奶的对话她都听到了。他们把茶社的未来和希望托付在了她身上，她应该去分担些他们的忧愁和艰辛。母亲又说，二位老人视她如己出，爷爷收养并传技于她；奶奶可称作人中女杰，他们德艺双馨，概无亲疏，如若真心报答他们的恩泽，那就凡事皆顺从便是了。

苦难，磨砺着人的意志；苦难，又催化和撮合着人的亲情；苦难，仿佛能够裁剪掉人生中的少不更事，往往使人在一夜之间变得早慧和早熟。

母亲这时才不过十六岁。

"妮，你就点个头吧。记住，娘不会亏待你。"奶奶抹了抹眼角，又挥挥手，走进里屋。她打开那只老旧的樟木箱子，翻来倒去摸索着那几件金银项链什么的。

下午，于圆德和茶房伙计亦从父亲处回来。他们三人中午找了家小饭馆，未待于圆德开口父亲便说："今日这客我请。回去禀告赵班主，再见他时我就改口叫他岳父大人了。"

不知是母亲羞于启齿或是其他缘故，待说到她和父亲成亲结合这一段，她说她累了要呷上口茶，闭目养会儿神。可是，过了这会儿，即便若干年后，我包括我们四位兄弟姊妹，其中任何一位都不曾知道父母成婚的细节。不过，母亲还是为我讲了那天晚上她所做过的一件事。母亲说，那天晚上全家人都睡熟了，她又从枕下的包袱里掏出那根红绳子，握于纤细的手中，眼轻合，面对遥远的东方，嘴里呢喃："爹、娘，给你们二老禀告一声，你们的闺女就要找到人家了！你们二老高兴，保佑我吧！"母亲说，那晚的煤油灯格外明亮，她手中的红绳子格外鲜艳，她的心里话也格外虔诚。

"你还是给漯河俺爹娘写封信吧，不管他们是生是死、收不收得到，也要告诉他们一声。这俺一辈子的大事啊！"第二天早起，母亲对父亲说。这是他们结婚后母亲要求父亲做的第一件事。

两个月过后，信，泥牛入海。

父亲再写过一封，石沉大海。

"那就以后再说吧。"从此，一种不祥之兆始终笼罩在母亲心头。之后，装在她贴身兜袋里外婆送给她的那根红绳子，成了她经常要取出来凝视和祈祷的信物。

现在，父母均已作古，有关他们的这一切，一并被埋入了十尺黄土之下。

不过，这并不重要。他们之后养育了我们五兄弟姊妹，足以说明他们那时是多么的幸福和美满。

母亲睁开轻眯的眼，说她刚才回想了一下，她和父亲结婚也就三个月，父亲便要随李文返回北京。她和父亲的冲突为此而第一次产生。

这次冲突险些造成他们蜜月期里的新婚危机。

一九四八年九月间，李文接到蒋介石电令：速返北平，就任国民革命军第四兵团司令并北平警备司令。

"走吧，跟我回北平。"初秋的傍晚，天明显凉爽下来，坠子书听客陡然增多，母亲不得不每天早早化妆登台。

"去北平？"母亲停下手，诧异地问。在母亲的意识里，她只知道那北平原来叫北京，是皇帝居住的地方。

"是呀，东北战事吃紧，蒋委员长心急东北、华北防务，命令我们马上返回北平，委李司令于重任。他让我带上你，咱们一起走。"父亲说他也是再三央求，李文方才答应。

"那咋个行，我这一走咱这场子咋办？到了北平我还能去说唱坠子吗？"母亲连着两问，父亲也不知该如何回答。

"部队就是这样，凡事得听从命令，服从调遣。"他原本以为母亲会高高兴兴随他前往，有不少军官太太梦寐以求，最终能被允诺者却寥寥无几。

"你先回吧，到我下场后想想，也好同爹娘商量商量。"父亲平时紧随李文，只有到了礼拜天才来同母亲见面。

这个晚上的说唱母亲似乎没怎么出彩。

曲终人散："你，今晚咋个回事？"爷爷很少发脾气。自从母亲入行，他这是头一回动肝火，但他很快就知晓了原由。

"姐，当然你要跟姐夫去北平了，北平那是啥地方？去了，啥事都不用干的太太，既享受又风光，你可千万别犯傻。"凤婷极力怂恿，而爷爷、奶奶则陷入两难境地：去与不去，似乎都有理由可讲。

"甭想恁多了，可能明后天我们就得启程了。"第二天上午，父亲又跑过来催。他说，李司令都着急了。

"我说不成，翠婷这都怀了孕，到了北平坐月子咋个办？"母亲这个月开始恶心和呕吐，奶奶说，母亲该是有喜了。

"我说也不成，翠婷你这一走咱这场子立马得停下。你娘身体不好，即便登台大段子她说唱不了；凤婷说唱垫场小段还能行；一场书说唱下来，没有大段子你说中不中？就是我登台了，也只是顶顶场而已。"爷爷神情凝重，语重心长。

母亲和爷爷、奶奶仍在茶社说唱着河南坠子。茶社恢复了以往的平静，墨镜客们以后再也不曾来骚扰过。尤收秋之后，来茶社的人更增多起来。不过，母亲这时怀上了大哥，妊娠反应强烈，身体越来越不方便登台。好在，凤婷姨这时头角渐露，喜婷也能说唱些"垫场"小段。

母亲说，她和父亲的再次相聚，已是一九四九年的阴历二三月间，我的大哥刚刚出生。

这时，父亲被正式任命为李文的侍卫副官。

但此时，国内战局却正发生着大逆转。一九四九年一月十四日上午十时，平津战役第一阶段"攻战天津"的总攻开始，到十五日下午三时结束。与此同时，第二阶段的"北平和平解放"也正在激烈进行之中。数回次谈判，解放军平津前线司令部与国民党华北"剿匪"司令部于十六日达成《关于和平解放北平问题的协议》。一月二十一日上午，华北"剿匪"总司令傅作义召集高级将领会议，宣布和平解放北京的协议即将生效。并说，不愿跟随他起义的可另谋高就，决不勉强，而且提供出城交通工具。

"我愿意继续跟随蒋委员长。"站起来说话的正是李文。他铁青着脸，透出几分不甘和悲忧。巧合的是同日下午蒋介石便在南京向国民党中央委员会宣布下野。但在一月二十四日，蒋介石还是派来飞机将李文、石觉和父亲接出北平。他们飞抵青岛。昔日指挥千军万马的李文，这会儿身边几乎没有一兵一卒，唯一跟在他身边的是父亲。两个星期之后，李文和石觉（此时任国民党第九兵团中将司令）来到奉化溪口，晋见蒋介石。蒋介石虽然下野辞去总统之职，却仍担任着国民党总裁，可主持中常会，是凌驾于"代总统"李宗仁之上的"太上皇"。

"你先到西北区，我把胡宗南的第五兵团交给你，然后再到西南，与共军在那里做最后的决战！"蒋介石对李文说。他对李文和石觉是

颇为赏识的,在"党国"如此危急的生死存亡时刻,他们能继续跟随已经下野的他,实难能可贵,令他欣慰。

石觉则被蒋介石委任以京沪杭警备总司令部副总司令(总司令汤恩伯)。

李文出生于一九〇五年,湖南新化人,黄埔一期生,可谓战功卓著。一九二五年毕业伊始,便参加第二次东征;一九二六年参加南昌战役;一九二七年参加龙潭战役;一九二八年参加北伐和随后的蒋冯阎中原大战。对鄂豫皖苏区第四次"围剿";追击红四方面军直达陕南汉中;率部与四川平武、松潘阻截红军北上抗日,都有他的份儿。一九三四年夏,毕业不足十年,刚刚三十岁的他便升任国民革命军第一军第七十八师师长。一九三八年八月率部参加淞沪抗战,豫东兰、封战役。后驻防陕西,升任陆军第九十军副军长、军长。一九四三年二月,升任第三十四集团军副总司令。一九四五年升任该集团军总司令,统率第一、第十六、第九十军三个军九个师。这年六月,他并晋升为陆军中将。也就是这时父亲被他亲自从他的钢炮连调到身边来。

陕西,对于李文和父亲来说可谓人生"福地"。一九三八年至一九四三年,短短五年,李文官运亨通,连升三级,从副军长到集团军总司令,由少将晋升中将。而父亲当年被那位国民党军连长连哄带骗,从懵懂青年到具有强烈复仇意识的士兵、贴身侍卫、侍卫副官;从孤单一人,到结婚成家、为人之父,无不借助于这块风水宝地的催生和庇护。

母亲见到了离别半年多的父亲,父亲见到尚未满月的儿子。父亲属牛,大哥出生这一年正是牛年,二十四岁的父亲本命年得子,他们无不沉浸在人生的莫大幸运之中。古城,一九四九年的春天叶绿花繁,仿佛这个春天特别的新鲜,香味飘逸。

这一天母亲向我述说的情景,在我收藏的那些有关父母的老照片中得到印证。那是母亲生前给我看过的两张已经泛黄的照片。她身穿旗袍，长辫子垂于胸前，身子半侧，端坐于高脚凳子，胖乎乎的大哥就被母亲放在她的膝盖上；父亲开着辆小汽车，母亲抱着大哥坐在副驾驶的位置。母亲说，那是个尚好的春日，父亲大概得了闲，他开来辆美式吉普车，拉上母亲和大哥到大街上兜风，兴之所至，他说咱们去照张相吧。那时的父母正青春年华，母亲淑雅矜持，靓丽端庄；父亲洒脱、俊逸，并透出几分文质；而满月不久的大哥，眼睛瞪得溜圆，于父母的怀抱中探望着他刚刚来到的这个新奇的世界……

"你们抱孩子过来一下。"回到茶社，爷爷奶奶把父母招呼到他们房间。

爷爷先是看过母亲一眼，再望父亲一眼。然后，就正视着父亲说："你俩都看到，我和你娘没再生自己的孩子，膝下也没个男丁，今后这坠子技艺、家业谁来传承？我们商量了，你俩这头胎老大就是我们的亲孙子，跟我姓赵，叫我爷爷。日后你们还要生，生多生少，生男生女，就都姓谢。你们不会计较吧？"

父亲和母亲对视片刻。母亲笑着回道："爹娘您说了算。我们年轻说不定明后年就会生老二、老三，到时候净给你们添累了。"听闻此言，爷爷奶奶喜在脸上乐在心里。奶奶接着母亲话头直言直语："那这老大就姓赵名林，林么，多的意思。你们今后一定得多生几个，我们帮着带。"

果不其然，一九五一年我二哥出生，一九五四年姐姐出生，而我则于一九六〇年十月来到人间。母亲说："其实，在你之前，你姐之后，我还曾有过一个孩子，后来生活变苦我身体也弱，小产了，要不你上面是应该有三个哥哥的。"

我无数次沮丧地幻想过，我这未曾谋面的三哥，如果他长大成人该会是什么模样？何种性格？在干着什么？死亡的命运怎么就会落到了他的头上？

然而，这样的温馨日子并没有过多久，解放军似乎正在酝酿一场解放西安的战役，古城里的气氛开始出现异样。

一九四九年四月，中共七届二中全会在河北平山西柏坡召开。会一结束，第一野战军司令员彭德怀便急切返回西北前线，指挥攻打太原战役。五天后太原解放，一野所属周士第第十八兵团、杨得志第十九兵团，分别从黄河禹门口、风陵渡两处渡口渡过黄河，挺近八百里秦川，数万解放大军直逼西安。

兵临城下，蒋介石把西北"二马"之马步芳、马鸿逵约十八万部队布防在乾县、礼泉一线，与集中于扶风、眉县渭河两岸的胡宗南五个军连成一线。其时，胡宗南还有近十万兵力，部署在东起秦岭之东江口、佛坪，西到徽县、成县、两当、武都，南至安康、汉中及以南地区。这样，千年古城西安被国民党军近五十万人，从西北到东南呈半环形护卫着。周、杨两个兵团近十万大军人不解甲，马不停蹄，昼夜兼程向西安围拢。解放西安已指日可待。李文部已得到命令，准备向汉中方向运动。是走还是留，爷爷、奶奶到了必须做出决断的时刻。

"兵荒马乱，留在这儿谁还会再来听咱说唱？其二，不事说唱，咱家这人也没别的手艺，如何过活？"爷爷又说，翠婷找了位国民党军人，凤婷这也找了位国军飞机机械师，咱可是实实在在的国民党军家属，解放军来了，会对咱们怎么看？这样的话倒不如跟着他们部队走，最起码生活上会有个保障。爷爷把全家人召集到一起，说出了他的想法。

他满脸的无奈。嘴上虽这样说，心里却在想：在打仗中逃难，或许更加可怕，尤其跟着这打仗的部队，一颗炮弹打过来，全家人就有可能遭遇灭顶之灾！为什么要打仗呢？而且是自家人打自家人。爷爷问父亲，父亲摇了摇头。

"别的不说了。你们赶紧把想带走的东西收拾收拾，我这就去安排。部队行动快，说走就走了。"父亲交代过几句匆匆离去。

"别的东西可以少带,但说唱坠子书所用的行当不能丢下,尤其是我那双檀木板。"母亲交代喜婷。

听说城里又要战事再起,人心开始浮动,进城做小本生意的撤走了,原住居民或投亲靠友,或远走他乡,曾经商贾云集热闹喧嚣的街肆,开始变得空荡和寂静。五月初,父亲他们这支部队终于拔寨启程,走出残破的西城门,经户县走入秦岭腹地,向着古汉中进发。

凤婷跟着她的机械师男人走了。于圆德和茶房伙计留下来看房子,静观其变,一旦爷爷他们重回古城,好有个落脚处。一辆吉普车载着爷爷、奶奶和母亲、大哥、喜婷,尾随在大部队后面。而父亲是不允许离开总司令身边的,他只有经常过来看看,把吃、住、行给安排妥帖。

巍峨的古城楼在母亲的泪眼中渐渐模糊,横亘东西天际的秦岭山影愈来愈清晰。母亲怀抱大哥,透过车窗不停地向外张望,尽管有这么多人同行,她心里仍不免忐忑。这是她第二次远走他乡了,去往何处?何处是个头?何时是个尾?没有答案的远行,等同疲于奔命,尤其折磨人的意志、心力和神情。

母亲从贴身内衣兜袋里,掏出红绳子,端视良久,轻轻系到了脚脖子上。

车队进入山区,雨天多起来,道路亦越发之泥泞,前行的速度显著缓慢下来。忙碌惯了的母亲,耳边失却了鼓弦之声,尚无法适应这样的无所事事和唯机声隆隆之外的沉闷。她将怀中沉睡的大哥交给喜婷,从装行当的木箱里拿出那双檀木板,拆开包裹的红绸子,仔细端详抚摸,像在呵护一对心爱的宝物。

"我哼哼坠子吧。"母亲向来文静,却实在难以忍受如此艰难的苦旅。

爷爷和奶奶都用一种异样的眼光看着母亲,似乎在说,如果能不那么难受,那你就哼哼吧。母亲轻声哼起《说岳全传》,一边拍打着怀中的大哥,一行冷泪不知道为何就从腮边流了下来。

一九四九年五月十九日，西安解放。消息传来，这支宛如逃荒的部队，或是感觉到解放军一定会出现在他们屁股后面，抓着尾巴穷追猛打，不由得加快了南行的速度。

抵达汉中，已到了初夏。这座被群峰环绕着的山中古城，白日里像被灌进了蒸汽，热而湿。越来越接近南方，母亲他们就越是难以适应这样的闷热。好在，山城里早晚还凉意颇浓，不至于令人焦躁难受。

"咱们摆场子说唱坠子书吧？"母亲大概实在憋闷得慌，竟生出这样的念头。

爷爷不觉一惊，直愣愣瞪着母亲。

奶奶似乎也感到了母亲的不可思议："于圆德不在，缺了定调的弦，咋说唱得起来？"

"爹爹拉么，我和喜婷来说唱。"

"也行，我正好热热手；今后若想说唱，场子就这么简单地摆摆了。"爷爷说。

夜色从山的四周向着古城合围过来，街肆屋宇间虽有阵阵凉风拂过，人们本应享用这难得的惬意，而古城却没能安静下来，倒比往日更显出热闹和嘈杂：汽车喇叭声，骡马嘶鸣声，狗的狂吠，婴儿的啼哭，娘寻儿的呼喊，喝酒行拳的嚎叫……父亲弄来了一盏汽灯，距母亲住地不远处十字街口一小块空地，只一把三弦，母亲便手持檀木板，也没化妆，只换了件干净些的衣服，就摆开了场子。现在看来，坠子书可以说是名副其实的文艺轻骑，若想摆大场子，可鼓、弦、板齐上，四或五人同台；若欲简单，一人一把三弦，亦可自拉自唱，边走边唱，穿行在背街小巷。行内，管这叫"逛夹道的坠子书"。

汉中，是大汉皇帝刘邦落难而东山再起的地方，历史文化底蕴深厚，偌多的演义和传说早为世人所耳详，民间文艺里的不少内容亦取自于此。然而，这些传承着厚重历史文化的故事以河南坠子的形式在它的发生地说唱,大概还是第一次。不知是看着新鲜还是战乱频发,使这儿变成了一处文化荒地,今晚来听说唱的人围了里三层外三层,不用走过门,托唱腔,或是助声情,造气势,这座小小的山城似乎被母亲的这场坠子书所撼动,成就了一场文化盛事。

母亲这晚说唱的是《萧何月下追韩信》。或是压抑了这偌多日子的情感,一朝得以释放,她显得尤为兴奋,即便场散人去回到了住处,母亲还在哼唱,睡意全无。

一场说唱,竟能说去母亲满脸的焦虑和一身的疲惫。

作为文学写作者,有时面对浩如大海的文学作品,我也在寻思和揣摩:中华文化铸造了华夏文明,她能够闪烁于世界文明数千年而辉煌不晦,就在于我们的先祖先贤脚踏大道,手握人伦,将文化的火种播撒于河岳山川和人的心田。这一辈辈充满东方哲人智慧的先人们,无论显达或卑微,都是文明的布使者,他们有意或无意、自觉或不自觉地创造并因循着灿烂的文化,维系着民族的根脉和社会的秩序。

难怪第二天父亲回来说,大街小巷都在谈论坠子书,挺轰动的,比听秦腔还有劲道!就连他身边的那些司机、马夫也直呼过瘾。当然,不仅仅是腔调,连说唱内容都受到他们大加赞赏,充满对古代英雄的敬仰。

大概部队要在此补充给养,父亲他们于此停留了将近一周,爷爷带着母亲每天天未暗就开始摆场子。即将启程的前一天,半下午父亲突然回来对着母亲,用颤抖着的声调说:"翠婷,不得了了,总司令今晚要来听坠子,你看……你看该咋准备?"

"我的天!"母亲说她也不知道咋个办才好。

爷爷满脸的惊愕,眼直瞪瞪地看着父亲,搓手拊掌,就是说不出个话来。

"广田,今晚该轮到我了。"奶奶镇定地对着爷爷说,一派每临大

父亲弄来了一盏汽灯，距母亲住地不远处十字街口一小块空地，只一把三弦，母亲便手持檀木板，也没化妆，只换了件干净些的衣服，就摆开了场子。

事必有静气的范儿。

"对啊!"爷爷猛然醒悟。

如前所述,早在奶奶与爷爷相识之前,她说唱坠子书的技、腔、调、说、唱、做,在杞县、单城那一带已家喻户晓,名声甚而胜过爷爷。她最拿手、叫好的段子是《三国》中的"箭射盔缨",每逢说唱往往谢不了场子,令人如痴如醉。

是夜,圆月高挂,清辉洒地,凉风习习;夜欲静而山不空,人未乏并天作美。那说唱的场子本来就不大,挡不住的老老少少将其早早占了个水泄不通,更有吹糖葫芦的、卖皮老虎小玩具的小商小贩,挑了小小的麻油灯沿街而摆,无须吆喝,摊子前也是人头攒动。李文这天换了便装,不像往常前呼后拥,左右也就几位精武的小伙子跟随着他,在父亲费了好大的劲儿预先摆下的杌子上坐下来。李文曾特意交代父亲,不要惊动任何人。

弦声响起,比母亲更高挑的奶奶,虽已人到中年,却是风韵犹存,过了数年城里人生活,涵养了自然而得的雍容华贵,举手投足,一颦一笑,舒展、大气、雅致。

"嗨——唉——唉——!"奶奶嘴不见张,而声自远出;身不见动,而形自有之……

整个山城仿佛在一瞬间沉寂下来,唯听见山风吹动杨树叶发出的哗哗声响,让人感觉到了夜静更深。

离开场子,李文拉过爷爷、奶奶和母亲的手,一言未发,只是苦笑:若不是行军打仗,就着晚风,倾听着这醉人的坠子,该是人生莫大的享受了。

这个夜晚,或许成了这座古老山城的绝唱。第二天,父亲说必须走了,解放军解放了西安城,尔后挥师南下,正尾随着他们而来。于是,他们这支庞大的队伍不得不继续南行,或掩映在峰丛谷底,或穿行于

栈道溪旁，南行的脚步似乎再也没有停下来的可能。

一九四九年十一月，第五兵团终于由陕入川，李文所指挥的第一、三、二十七、三十、五十七、六十九共七个军，驻守新津、成都、乐山一线，并全力以赴守住新津机场，掩护蒋介石和国民党政府机关撤退台湾。

初夏时离开西安，而到达成都却已到冬日，时不过半年但季节已过了三个。成都的树尚绿着，草色青青，不同的是天府之国的富庶和以闲适著称的景象不再，偶尔开门的茶馆挤进的却多半是国民党兵，整个成都俨然一座兵的城。兵团部先住成都，爷爷和母亲他们被暂且安置在一片茶楼附近的空置房里。这家主人大概为逃避战火而临时迁到乡下去了，家具和生活物什几乎未动。

起初，父亲回来得还算经常，妥善安置一家老小的起居。爷爷和母亲却人定心未定，他们寻思着到哪片茶楼中去打探一番，以期能找到一处场子。最终只有寥寥数十人来捧场，他们却是没想那么多，照样说唱。在他们眼里弦声和枪炮声只是一对不同的乐符而已。然而，未过多久兵团部移至新津，父亲几乎不再回来，就是回来也多在晚上，匆匆忙忙。

云贵川，大西南这块宝地，国民党军的固守和解放军的攻占进入到白热化阶段。十一月二十八日，解放军先头部队抵达重庆市郊温泉，重庆被围。蒋介石于二十九日中午召集军政大员会议，部署国民政府迁往成都。晚上十时，重庆市区枪声大作，解放军趁着夜色开始攻城，蒋介石和儿子蒋经国见势不妙，急忙乘车直取白市驿机场，遭途中阻塞，至半夜方抵达。岂料，机场无夜航设备，飞机无法起飞，他们父子只好栖身机舱，三十日一大早出逃成都。

唇齿相依，重庆既失，成都岂会无险而守？十二月九日，国民党西南军政长官公署副长官邓锡侯、潘文华率部分别于昆明、雅安、彭县等地通电起义。次日，解放军周士弟第十八兵团逼近成都。然而，从不问战事的爷爷、母亲到底还是在临近茶楼的地方寻得的那处场子说唱，听众不买账，多数是围过来看上会儿热闹，便匆匆离开。尽管如此，爷爷却说只要有一个人听，咱们就不撤场。

战争悲惨而又可怕。可怕的是它不仅摧残着人性，亦摧残着文明和文化。世界上有多少原本文明和文化发达昌盛的国度，其国脉——文化延续的链条，无不因战争的摧残而断裂。我们诅咒战争却无法阻止战争，这恰恰是人性的悲哀，人类的悲哀。

市区里秩序开始变得混乱，形势恶化，蒋介石在这一天选择了逃离。原本，他是逃脱不了的。十日当天，国民党云南省政府主席卢汉，曾致电人在成都的西康政府主席刘文辉，希望他能会同有识之士扣押蒋介石，作未来人民政府第一大功臣。蒋介石的侍卫官发现了他们的企图，催蒋迅速撤离。大势既去，蒋介石尽管心存不甘，却回天乏力，一头钻进小轿车，直奔凤凰山机场，逃往台湾……

李文率领着他的第五兵团，却还在做着最后的负隅抵抗。十二月二十五日，他指挥部队向邛崃、大足一线的解放军主动发起猛烈强攻，企图突围南逃，但遭到解放军的顽强阻击。前有阻兵，后有追兵，李文反而被解放军包围在一座用于临时指挥的孤庙里。他身边这时亦只有父亲一人随侍左右。

还在今年二月的时候，李文于溪口曾见过蒋介石，被蒋委以重任，临危受命第五战区司令长官。赴西安覆职途中曾带着父亲专程绕道湖南衡阳，李太太和女儿早已在此等候。会面之后，李太太和他们的女儿被送往香港，这或是他们夫妻在大陆最后晤面；也或许是他们人生的最后一次晤面？李太太曾毕业于清华大学，原是国民党海军军官的千金，书香门第家庭长大，接受新知识新时代熏陶，知识女性气息由

里而外淋漓尽致地散发出来。他们夫妻互道了珍重，李太太便拉过父亲的手，不无深情且满含伤感地叮嘱说："这些年我和司令把你当成儿子一样看待，司令身边现今就你一个亲人了，你可要保护好他啊！"说着，她不禁潸然泪下。

父亲跟随李文不知不觉五个年头了，他当初杀鬼子的心愿尚没能实现，但自跟随李司令之后走东奔西得到了他偌多宽厚仁慈的父爱。即便像李太太这样的贵夫人，他们都相处甚佳。如今一别，能否重逢，唯天知道。父亲现在被李太太如此之看重，他心中的情感陡然迸发，在触及李太太手指的刹那，终于也忍不住地落下了泪："太太放心，有我在总司令一定会一切安好！"

孤庙之外，枪炮声愈发之密集，亦愈来愈清晰，仿佛就在耳边。恐怖气息宛如一团云雾向孤庙围拢过来。为了兑现承诺这时的父亲跟随李文寸步不离，他悄悄收起了李文随身佩戴的手枪，桌上的刀片、剪刀，多余的安眠药，一切可能用来危及其生命的物什均被他扔到庙外的田地里去了。

危局终是无法再苦撑下去，十数万大军死伤过半，其余的忍饥挨冻，连弹药都得不到补充，既无其他部队可以增援又无突围之计可施，远在数千里之外的蒋介石隔着大海空喊：誓死坚守，杀身成仁。然而，哪个官兵不是上有其老，下有其小？他们已不可能像逃荒一样逃到台湾去了，总还要生活下去；杀身成仁，他们的家人依靠谁来养活？十二月二十六日晚，响了一整天的枪炮声随着夜幕的降临而稀疏和零落，冷飕飕的北风刮走了天边上的云，星斗依稀，散发着呆滞的光。李文让父亲去把兵团副参谋长袁致中、第一军参谋长乔治叫到孤庙里来，父亲说这个时候我不能离开你。李文知道父亲的意思，不禁苦笑：我还不至于糊涂到那种地步！

袁致中和乔治被负责外围的警卫排长叫到李文面前，他挥挥手警卫排长知趣地退出庙外。

"你俩到解放军第十二军军部，代表我前去联系起义之事。败仗，已成定局，不能让活下来的官兵再去做无谓的死亡。"李文极其无奈地说。

二十七日清晨，袁致中和乔治携带刘伯承、邓小平欢迎五兵团起义的电报返回孤庙。

"谢副官，传我命令，关闭电台，撤回警卫，各部队放弃阵地，等候接受解放军改编。"李文下达完作为兵团司令最后一道命令，揉了揉布满血丝的双眼，抬起沉重的双腿，迈出几近半个月都未能离开半步的庙门。

父亲记得很清楚。那天刮着小北风，东边天际的薄云一早便被吹出殷红的亮色。太阳隐约在云的后面，等待着雄鸡的长啼，把它呼唤出云层，将丝线般的光芒投射到期盼着温暖的大地。

庙门外，一丛丛烟云仍在袅袅升腾，一阵阵焦煳味扑面而来。遥望着远处地平线上被微风拂着的飘飘逸逸的薄雾轻岚，偶尔划过的清脆的枪声让人心头一紧，李文这位时年四十四岁的中将司令官，神情沮丧落魄，摇了摇头，长叹一声跨上吉普车，驶向解放军第十二军军部，前去接受改编。

吉普车扬起一道烟尘，消失在弯弯曲曲的土路尽头，父亲知道这便是他最后一次目送他随侍了五年之久的总司令了！他哇地哭出声来，将手中那把用来保护李文的手枪狠狠地抛了出去……

父亲选择了离开，成都市内尚有五口人在焦虑地等待着他早日归家。

第六天　母亲说，她们向北再向北

父亲回到了全家人暂且栖身的小院，天已全黑下来。大哥十个月大了，开始咿呀学语，见到父亲直向他怀里扑。父亲抱住他，轻吻他的小脸，露出一丝酸楚的笑。几天之前，他还是那么的意气风发，憧憬着跟随李司令继续突围向南到西昌去，因为那里集结着胡宗南的十数万大军，一旦成功，再伺机反扑，这场成都之战就有可能翻盘，然而，几乎在一夜之间他竟变成了无职无业、无人管无人问的流浪人。这样的身份转换和巨大的前后落差，以及接下来全家人还要继续生活下去的精神压力，令父亲几乎在一瞬间变得孤独无助和失意迷茫。

"咱们还是返回西安吧，那里解放了，政府对待咱这些依靠卖艺为生的人，不偷不抢不拿，还能过不下去？那有咱现成的场子和人手，咱还说唱咱的坠子书。"爷爷、奶奶都建议说。

"我也这样想，眼下也只有这条路是条路了。"父亲大概寻思不到更好地生活下去的办法。

"咋个走，这么多人？"爷爷担心地问。

"明天我去找辆汽车，咱们包车回。"父亲说。

第二天，枪炮声虽已远去，市区内却仍未恢复常态，多数店面门扉紧闭，街上行人寥寥。有几户人家的房子大概被炮火击中，还在升腾着烟雾，街道上不时出现深深的炮弹坑，衬出一场战斗过后这座城市更加的萧瑟、沉寂。

父亲来到长途汽车站，它几乎完全被废弃掉了。在成都战役尚未开打之前,还有几辆汽车开向周边的乐山、德阳、雅安等地。战火甫起,半个多月,没人再敢乘坐这些车了,而且这几辆车也不知被人藏匿或拖到了何处。站前小广场上人影稀疏,几位商贾打扮模样的人在为包车费用讨价还价。

还有车可包!父亲心里顿时宽慰了些。

"这位老板,包车么?去哪里?"果然,一位司机从那堆人里挣脱走出,主动搭讪父亲。大概那几位商人出的价他不可接受。

"跑西安,啥价?"父亲问。

"呀,这多远呐,路又险,谁敢往那跑?"那人故作惊讶状,思忖着这将是一笔大买卖,却又欲擒故纵。但父亲已从他的眼神中看出,他是极想揽过这单生意的。

"这大伙儿都知道。我出大价钱嘛。"

"啥个大价钱?"

"两根硬货。"父亲来之前就打听过,这儿包车到西安,最贵也就两根金条。

"别扯了,两根?三根还不知道有没有人愿意去。哼!"

"那是趁火打劫了。"父亲愤愤然。

"两根半,走不走?"见父亲不答应,又一位身材肥硕,大概发了战争财,一副大款做派的商人凑上来。

"不行,三根。"那司机依然不妥协。

"三根就三根,开车跟我接人。"商人到底拗不过那司机。

而父亲并不为此心动,他所积攒的这些金银并不多,日后全家五六口人是要天天吃饭的。

"这位老板,那俩人演给你看呢。我论个实价,就两根条子。不过,咱先讲明了,我这车况不是太好,破烂些。"这时,另外一位高姓司机拽过父亲,实话实说。

父亲打量他一眼：个儿不高，小圆脸盘，黑黑壮壮，尤其那两只胳膊，短粗有力，一看便知是长年握方向盘的。

"行，你这人诚实。现在我回去准备，明个儿咱还在这碰面！"父亲喜出望外，心里感叹，兵荒马乱的世道，仍有人坚守着商道，尤为不易。

"那行，我这也就备车去。"高姓司机说。

父亲则拐到另一边，有不少司机仍在那觅活。他走近前去，指着远去的高姓司机背影向他们打探他的虚实，得到众人肯定答复。在由四川通往陕西这条崎岖险峻的山路上，屡屡传出骇人听闻的司机杀人越货的极端事件，所以，父亲不得不小心从事。

一九五〇年阳历新年，在成都生活不过月余的全家人，乘着父亲租来的那辆由中型货车改装而成的客车，驶离空寂、生机了无的成都市区，沿德阳、广元方向北行，欲再次穿汉中越秦岭，走上返回西安的千里长路。

路是越发的崎岖难行，坡高、崖陡、沟深；白雪覆盖了道路、山峦、村舍。汽车艰辛地爬行、蠕动，白茫茫一片，已经很难辨识出哪是路，哪是沟，有几次它甚至已冲到了悬崖边上。父亲有些后怕，他想，其实不用着急，两条黄金的路费，是够在成都过个好年的，开了春再走既用不了这么多钱，安全尚可得到保障。但现在折返回去已不可能，回去的路就是刚才走过的路，同样会险象环生。

"慢些，小心些！"坐在高司机旁，父亲不停地叮嘱。

"你尽放宽心，这路我跟车押货那会儿就跑，后来自己开车，春夏秋冬，啥子天气没遇到过？雨雾雪这都是小事，滑坡、塌方、山匪那才可怕；不敢说闭着眼都能翻过这深沟大山，起码打个盹儿还不至于出啥子差错。"高司机不知在为父亲壮胆，还是在为自己提气、提劲，他的眼始终睁得溜圆，即便与父亲这般闲侃，目光则紧盯前方，而且从未见他面露疲倦之色。

这也该是位奇人了，父亲想。

"你用不着怕，我看得出来，你们这一家都是上上好人，卖艺、卖命为着别人，没做过啥子坏事，老天爷都会保佑。这世上的事我见得多了，你说是不是这么个理？"打开了话匣子，司机谈兴甚浓。

父亲这时方才明白，高司机为何不像前面那一位，想着法子多赚去他一根金条的路费。

人生不是无常，而是有常，就看你是怎么个做人法。爷爷一直在静听，突然冒出这么一句让人想半天才能明白的话。

一九五〇年阴历新年，听着城中传出的鞭炮声，数日跋涉、颠簸，全家人踩着点儿似的，终于又看到了西安古城墙拐角处那俊秀挺拔的箭楼。汽车驶进城门那一刻，母亲热泪盈眶；父亲失意的眼神中再次露出希望之光。

"妈、妈！"大哥更于母亲怀中，呼喊出他人生的第一个音节，清晰而充满童稚、天真。

母亲睁大惊奇的眼睛，用颤抖的手扳过大哥的小头，直直地望着他那双懵懂而清澈的小眼，好像刚刚才认识了他。

"儿啊！"母亲喜极而泣……

"劫后余生，劫后余生啊！"爷爷、奶奶也抹起了眼。

"我说你们命大福大吧。"高司机这时也舒过口气。

"不瞒你们讲，我是赌着命跑这趟车的。途中没敢讲，早走咱们一天的那辆车，没到剑门关就掉崖了，车毁人亡，无影无踪！"他又说。

父亲记起，就是那演"双簧"的司机和"做托"的胖商人。

"阿弥陀佛，善哉、善哉！"奶奶双手合十，口中念叨。

母亲下意识地摸了摸系在脚脖子上的那根红绳子。

六合茶社的房子由于于圆德在照看，全家人很快安顿下来。爷爷带着他重开了场子，但显然来听说唱的人大不如以前多。即可出师的

听着城中传出的鞭炮声,数日跋涉、颠簸,全家人踩着点儿似的,终于又看到了西安古城墙拐角处那俊秀挺拔的箭楼。

凤婷不知跟着她那机械师男人跑到哪儿去了,信儿也不曾捎回。父亲说估摸他们人都到了台湾。奶奶在家里照看大哥,打理家务,真正能上台说唱的唯有母亲,而喜婷还是只能说些垫场小段。

父亲在西安东、南、西、北四条大街上来来回回寻觅了些日子,就是没找到适合他干的活。其实,父亲也不知道他到底能干些什么。

"我到上海去选些货,倒腾回来做小本生意,可能还行。"迫于无奈,父亲知道上海洋玩意儿多,萌发跑买卖做生意的想法。未料,倒让他撞对了。那些被他从上海背回来的新鲜洋玩具,倒真的抢手,像手动影机,就挺令大人小孩喜欢。这架机器一直到我长大,都还可以借助自然光像看幻灯片一样,扳一下看一张,再扳一下再看一张,还都净是外国风光,新奇而有趣。

日子过得拮据,但平静祥和。

父亲起义归来这件事,以及他过去的身份,也没有人来问,像正常居民那样,他不断地前去上海进货,依然做着他的倒手买卖。

> 檀木板声响耳边,
> 琴声悠扬浸心田。
> 一书坠子传神韵,
> 唱醉听客茶社前。

听说爷爷赵广田的坠子班重又开张,偌多老听客慕名再来,尤夜间场次的说唱,不但前来捧场的人多,而且掌声、叫好声不绝如缕,茶社的生机活力逐渐恢复。可是,一位不速之客的突然造访,倏忽间打乱适才平静下来的生活——母亲怀上了二哥。

不知为何母亲的怀孕反应更甚于怀大哥时,频繁地呕吐,食欲不振、缺觉,令她倍感疲惫,身心憔悴。场子则不可能停下来,因为不少听

客慕她名而来，除非不得已，她不想让忠实的听众失意而归。

"现在咱不是在为生计才说唱，而是为服务在说唱。"一天，据说是一位主管宣传的市领导来听坠子，临走时他握着爷爷的手说。这句话母亲头一回听到，她虽不甚理解其中"服务"的意思，但大概明白开场子说坠子书，不能全都为了赚钱，更要让愿意听坠子书的普通听众都有机会来欣赏一番。

据陪同的区负责人透露，领导来这走访是为茶社将来的公私合营作调查。看来新社会要有新气象了，送走领导们，爷爷自言自语道。

母亲想坚持每天登一回台，哪怕说上一小段，尽其力满足众听客意愿，然而，腹中的二哥却不怎么理解和配合，他躁动于母腹急切地想来到这个愈加生机勃发的世界。无奈，在最后几个月母亲和奶奶调换了角色。奶奶说她这并不是复出，而是暂时补出。当然，听众是理解的。

一九五一年五月，二哥出生，六合茶社就又多了道婴孩响亮的啼哭。

也只是熬出了"月子"，母亲便扯掉裹在头上的毛巾，就要拖着虚弱的身子登台亮相。奶奶立时柳眉倒竖，对母亲嗔怒道："这样咋行，为了说唱不养身子，难道也不养孩子了？"母亲说："娘若您不让我登台说唱上一段，带孩子我都打不起精神。"说唱坠子书，现在已成为凝聚为母亲生命中的信念。这种信念是她人生的支撑，并成为她孕育生命、养育生命的遗传因子。我大哥十一岁学拉坠子三弦，十三岁上台试拉，十六岁便替代于圆德当起母亲的弦师；二哥不见拜师学艺，耳濡目染，仅凭自学二十岁出头便被送进千人大厂工人剧团，吹唢呐、笛子、黑管、打锣、拍钗、敲鼓，参演节目跑龙套，样样出色；我天生喜文，乐此不疲，小学第一篇作文，便被班主任当作发言稿，在全村群众大会上照本宣读，全公社二十一座自然村、二十一所小学近千同届生语文统考，我考第十七名，十六岁作文被编入学校范文集，二十岁创作出中篇小说，二十七岁发表作品,三十四岁同时出版散文集、报告文学集……

母亲说,她说唱河南坠子由学说模仿到情深投入,在说唱亦在汲取,那长长的段子不似教科书却胜似教科书,台上的每一次落泪哭泣,每一回会意微笑,无不来自于文本的真实打动和她感情的真切流露。而叫我说,坠子书较之于母亲,那是一种韧性的生存精神,一支追求本真的根系,一道朴素淳厚的情怀。

坠子书,它独有的韵律和内涵滋养和打动着芸芸听众,亦滋养打动着艺人自身。

两年半不到,八百天出头,母亲接连生下大哥、二哥,到底触伤到了元气,每场下得台来,她大汗淋漓,衣衫湿透,总要在椅背上靠上好一会儿。

好在,喜婷少女初长成,她开始试着每隔一两天说上一部长书。

母亲刚有些时间喘息,前几日来听坠子的那位领导再来茶社。这回他带着一帮子人,将茶社所有摊位主人招来,代表政府说道:各曲种演员、班主要主动参加政府倡导的"说新唱新"活动,也就是用新曲目宣传新思想,歌颂新生活;政府将把原来分散各自为戏的摊档儿集中统管起来,成立新的团体,艺人们可以个人身份加入,实行工资制或分红制。一股清新之风吹进茶社,爷爷和母亲积极响应踊跃报名,成为最先入团的一批人。

社会之变革开始浸润到最底层民众的意识和观念里,一场思想的革命正悄无声息却又那样深刻地催生着精神的解放。这样的剧变将令所有人的面貌为之焕然一新。

"我要报名参加识字班了!"父亲还在做着他的地摊生意,天气不好时他就在家帮着母亲带孩子,这天母亲从团里回来,擦着满脸细汗自豪地对着父亲说。

"我也可以教你呀。"父亲童年是在家读过私塾的。

"你多帮我带带孩子就等于帮我识字了。"母亲的性格似乎也发生了些许的改变,她虽然已是两个孩子的妈妈,而年龄却不过刚刚二十。二十岁的母亲,早已饱经世事风霜,屡遭人生磨难,但她的年岁和心毕竟尚年轻着,深埋其间的人生憧憬更是从未消弭过。

母亲,觉醒着她从未觉醒过的灵魂。

识字班所教给母亲的远非认识几行字而已,层出不穷的新消息像风一样,一缕缕吹进她的生活里。于识字班上,母亲听老师说新成立的共和国开发和建设大西北的号角已然吹响,伴随这嘹亮号角向西推进的还有文化。作为几近文盲的母亲,她的确无法理解文化、发展文化和文化发展的含义,但她分明感觉到"文化"这个既看得出亦摸得到的"物什"的生命力是越发之活力四射了。是的,原本中华文化的根就在西部,大河文明奔向海洋文明,它曾似追波逐浪由西向东,渐次推进,创造了中华文化的灿烂。历史跨越千年,现在海洋文明则欲以反哺的方式再造西部文明的辉煌,而河南坠子一马当先,像当年它向北迅速抵达北京、天津,向东抵达济南、青岛,向西抵达洛阳、西安一样,走四百里秦川,跨五百里陇东,最终来到兰州。

冥冥之中,似乎就应该是由母亲来担当着这样的传播使命?

此刻,观赏京剧和豫剧在兰州已蔚然成风。

也许是巧合。

一九五二年仲夏,西安城里比往年要溽热许多,四周高耸的城墙,城墙外的东华山、西岐山、南终南山、北黄土塬,把千年古城里外包裹得严实,风无论来自哪个方向,都不能那么轻易地吹进城区。天热得人打蔫,满一岁的二哥要不发烧,要不拉肚子,他的不曾消停叫母亲精疲力竭。但晚上出来纳凉的人多,大家伙没事都过来听坠子,母亲几乎每晚要在团里待到曲停人走,所以她早上想早起都困难。

"您找谁呀?"这天她正在洗漱,隔着窗户听奶奶在问。

"找谢式勋。"进院的是位五十出头的中年妇女,身后还跟着肩背行李的年轻小伙。

"您找他啥事儿?"

"他是俺儿呀!"

"是您儿?"

"对着哩。"来找父亲的是我祖母和叔叔。

奶奶一时惊呆,正盛着饭的铁勺从手里脱落掉进锅里。梳着头的母亲也愣在那儿。奶奶清晰地记得,当年她曾一再问父亲,老家还有啥人没有,父亲肯定回答再没别的人。这么多年,母亲亦从未听父亲提过他还有着几位亲人呢。

"是妈?"父亲买菜回来,迈进院门,看见祖母和叔叔,他顿时感到纳闷儿,疑惑片刻,连"妈"都没敢叫出口。

"真勋儿他妈呀,那就快进屋吧!"奶奶脸上堆起笑,母亲忙从屋里走出来,父亲挨着介绍。

父亲又去买回油饼和大包子。

吃罢早饭,父亲、母亲这才和祖母坐下来聊起过往的事情。

八年多前,祖父被日本鬼子用刺刀活活挑死,父亲远走洛阳起咒发誓找到打鬼子的队伍,杀鬼子报仇。其后,驻扎在黄河滩单庄的鬼子又摸黑到我们村扫荡过数次,次次得逞。父亲随李文第一次到西安,曾碰到邻村老乡绰号"大嘴"的张五常,向他打听鬼子再次扫荡我们村并杀人放火的经过。他说,没错,那天日本鬼子又是趁着天黑摸进你们村,到天亮将全村人集中到村东那座大庙里,关上庙门,逼着大伙说出那天是谁向他们开的枪。家人又是谁?日本人说,他们的"战友"那天被土枪的铁砂击中了头,虽不致命死,却正中脸盘,两只眼里钻进铁砂,瞎了,满脸大麻点。结果,任凭鬼子怎样威逼利诱,就是没人吭声。鬼子恼羞成怒,架起机枪向人群扫射,全村无一人幸免,

造成惊世血案，连国民党的报纸都登载了消息。父亲信以为真，难受了好些日子。他还照着家乡风俗，跑到西安城郊，找了块儿僻静野地，画了三个圆圈，分别代表祖母、祖父、姑姑的坟茔，摆了供品，烧了香。叔叔从小过继给邻村一户人家，其时并不在家里。

"不是那回事。"祖母说。

叔叔详细讲述了事情经过。

叔叔说，鬼子是把全村人连绑带推关进了大庙，牵着吐着血红舌头的狼狗威逼众乡亲，主要想问出向他们开枪者的家里人。鬼子穷凶极恶，架了枪，烧了火，牵了狗，乡亲们紧紧挤在一块，怒目而视，大义凛然，没有谁开口。伪保长见状就出来打圆场，说，来我们村做长工的外乡人多，那天朝"皇军"开枪的是个外乡人，他被"皇军"打死了，他家里人我们也找不到。鬼子小队长侧目怒视伪保长："你的说真话的？欺骗'皇军'格杀勿论！"

"真的！真的！"伪保长骨头还算硬。

小鬼子问不出个所以然，烧了几间房，让伪保长逮来几头猪，撒了口气，扬长而去。有良心的伪保长当然知道是我祖父开的枪，更知道我祖母和十来岁的姑姑正被乡亲们围在黑压压的人群中间。

祖母和姑姑躲过一劫。

若干年后，我曾同一位社会学家闲聊到这段"村史"，他颇为感动。他说，类似日本鬼子这样的暴行可以说在整个抗日战争期间发生过不计其数，你们那座小村却躲过这一劫难，说到底是血性使然。你的爷爷有血性，敢于拿一支土枪同日本人干一场一个人的战争；你们那个村的乡亲们有血性，数百人被关进一座大庙，庙门被关闭的那一刻，他们等于被推进了即将被活埋的万人坑，然而却没有一个人畏惧、懦弱，怒目而视反而令敌人胆寒；那位伪保长其实也充满了血性，他的机智果敢，丈夫情怀，未曾丧失中国人的良知，是血性的另一种写照。

日本人最终未能征服中国，那是因为中国数千年历史锤炼出了中国人"血性"的性格。他又说。

不过，那位老乡对父亲所讲的杀戮惨案也确有其事，发生在较早之前邻村。我后来查过县志。其记载如下：

> 一九四二年六月六日，温抗日联军在黄河滩东与日军激战，双方均有伤亡。抗日联军突围转移，日军遂对手无寸铁四乡民众大肆屠杀，围逼群众于黄河滩边，远的枪击，近则刀捅，连村放火烧房，制造了血染黄河滩大惨案，军民惨遭杀害达千余人，烧毁房屋九百零四间，抢去粮食七百余石。不满二百口人的小村单庄，日本军正驻扎于此，亦未能躲过，被杀人杀红了眼的日军当日杀死五十四人。五十六岁的白冯民因躲避不及，被日军狼狗活活咬死，至今村人谈及，仍如在目，无不切齿。

日本的确是个丧尽天良的国度，迟早有一天，它会被地震和海啸摧毁并沉没于太平洋深处！我们那一带的人们到现在都还这么说。

"哥，我们也是从老乡那打听到你的。"叔叔又说道。他虽自小过继给邻村人家，但当祖母思儿心切，迈着缠足小脚千里来寻儿，也只剩他可以陪着了。

"我先来看看你。你这都成家了，我都抱上了俩孙子，真没有想到啊！我放心你这儿了，再去蓝田看你妹。她和她当家人在那做小生意哩。"

祖母一把将大哥、二哥揽进怀，端视着他俩，露出心满意足的微笑。

"咋着，我妹在蓝田？"近在咫尺，父亲却还不知道我的姑姑就生活在离他不远的地方。

"你妹和你那妹夫结婚后，不愿在家待，天天跑鬼子扫荡。家人说

日本人一定打不过山西那边的黄河，山西安全，也不知他俩咋想的，到蓝田那块地儿做生意，能顾着家吧。"祖母就又面对着叔叔说："就这小子恋着家，我这才有个照应。"

蓝田，西安东南四五十里，数万年前人类祖先之一——蓝田人生活着的地方；盛产玉，引得无数商贾前去淘宝；有天下第二汤——汤峪温泉。而且，母亲就在汤峪住过段日子。她自小身子弱，父亲就曾带她来泡据说能包医百病、强身健体的汤峪温泉。

"妈，您看到我妹就捎个信来，我过了这段时间就和翠婷一起去看看他们。"祖母吃过午饭就要去往蓝田，父亲和母亲也没挽留。如今，全家都聚在了这块地方，往后走动起来无疑是方便的。

天擦了黑，母亲走到镜子前，上上下下收拾了一番，去团里。父亲扯过一片凉席，就当院铺下。他躺上去，让二哥骑在他的腹上，一边扑打着扇子，一边逗二哥玩。二哥其实是用不着逗的。他爬上父亲宽阔的胸脯，两只小手揪着他的乳头，还以为是母亲的，俯下脸去用小嘴吮吸，自然是什么都没有，他就吮吸得更加厉害……他终于累了，躺在父亲的胳膊上继续吮吸着小嘴唇，扯着细小的呼噜，轻轻睡去……

白天时热，但晚上却够清爽。夜空像曾被滤过一样晴朗，星星近得似乎一扇子就能扇得下来。小的时候在故乡，祖父也曾带着父亲于打麦场上这样躺过。父亲瞅着星星数，却怎么也数不过来，往往当雾水打湿了头发才迷迷糊糊睡着。父亲今天晚上依然望着星星，但他想到的却是老家人常讲的一句话：天上一颗星，地上一个人。那么，哪颗星星是属于已被日本鬼子刺死的祖父呢？

祖母的前来自然令父亲很是兴奋。同时，更加诱发了他对祖父的想念：壮年人生，既倒于血泊，差些家破人亡。要是他人还活着，现在一家人团聚在异乡的土地上，也算是件幸事了。

父亲带着大哥到蓝田看望祖母的次数渐渐多起来，几乎每隔十天半月都要前往一次,每回还小住上几天,却把幼小的二哥留在家里由母亲和奶奶照看,当然奶奶照看得更多。二哥常生病,三天两头地发烧和拉肚子,将母亲和奶奶折磨得耐心越来越少。令奶奶尤为沮丧的是大哥每回回来,不像以前,见到她非得扑到她怀里,或搂着她脖子"奶呀奶"地叫,撒着欢儿,现在更多的则是说着祖母咋长咋短,亲近而又热乎。

"赵林,我的孙儿哪!"每逢此时,奶奶大凡要小声咕哝,脸上阴阴的。

母亲敏锐地感觉到了奶奶的不悦,但又不便怎么去训斥大哥,只好哄着他多去叫几声奶奶,尽着法子去讨好奶奶。而年龄尚小的大哥哪知其中之蹊跷,依然故我,这令奶奶愈加不快。

"广田,眼见天就要冷了,我这就带赵林回杞县老家住段时日,年前不打算回来了。"一天,奶奶大概实在无法再隐忍,突然沉下脸对爷爷说,且口吻不容置疑。

这叫爷爷惊诧不已,连父亲也感到了突兀。不过,母亲心里是清楚的,奶奶这是在有意识地领着大哥躲避,让他远离祖母。

奶奶要走,爷爷自是难以阻拦,恐怕也拦不住。但当爷爷感觉到奶奶的返乡实际上是负气而走时,他亦大概明白了奶奶的意思:那便是有意识地把我大哥同我的祖母分开,至少不能够让他们经常见面,否则第三代会渐渐疏远他们,刚刚培养出来的"隔代亲"会转移到祖母身上去。

"要不,咱们一块回杞县?要不,你们也别在这待了,换个地方吧。"奶奶又说。

杞县,爷爷和母亲是不可能回去的,尽管母亲和父亲还不曾去过。爷爷心里清楚,此刻他们赖以谋生的说唱,到了那处它曾经诞生的故土,则失去了用武之地。因为这会儿的杞县依然贫穷和落后,历史上的黄泛区，人们尚且难以糊口，哪还有欣赏坠子的兴致？

那么，奶奶走了，他们也要走，又该去向何处？

古城落下了秋雨。一场秋雨一场凉，淅淅沥沥的雨将满城浇得冷飕飕的。而这雨浇在母亲心头，却给她增添了无限的愁绪。母亲说，自打来到爷爷身边，还没什么事令她如此之心烦，简直无计可施。

令她更为无奈的是，还无法去向父亲解释清楚。但，父亲真的就没有觉得出异样吗？

"妮，你娘她向东，咱们就朝西。听说甘肃兰州那边各种曲艺正活跃着，咱们也去试试？"爷爷说。

"中、中，只要能有个说唱的地方，咋着个都行。"母亲亦早有耳闻，听爷爷这么一说，心头的愁云一扫而光。

就在年初，国家曾提出支援大西北、建设大西北的号召，各路建设大军浩浩荡荡奔向甘肃、青海、新疆，这似波浪般涌动的西行大军，其中既不乏著名文艺团体，艺术名家更积极踊跃，京剧名家李丽英、豫剧名家陈素贞，早已唱红兰州城的黄河两岸。

母亲其实也可以对爷爷说，咱们就留在西安继续说唱下去，但当她听爷爷说兰州的听众或许更想听到坠子书时，她便觉得这仿佛是一种使命使然。不觉得母亲来到爷爷身边已经十年整了，自从学唱了坠子书，并打开始登台那一天起，她就以为说唱坠子书大概是天意。人海茫茫，怎么就能遇上说唱坠子书的爷爷呢？使命是客观赋予的，是社会给予的，也可以是时代催生的。人的使命或说来自于天职，它几乎可以说是个人不能自主、不能不遵从的天命。正因为有了这样的自觉，母亲一直在遵循着内心的召唤。她时刻提醒着自己，不能违背了天意，否则就要受到惩罚，天讨或天罚，更免不了要受到良心的责备。

人的使命，在某种意义下，即是人生的目的。

"广田，我看兰州那你可不能去。"奶奶说。

"为啥呢？"爷爷问。

"老家不是来信说了吗，家乡解放了，人家都分了田，分了地，咱不回家，谁会分给咱；分给咱了，又谁来种？再说，趁现在手里还宽绰，得赶紧回家盖房子，说不定什么时候这城里就不让咱们待了，回家喝西北风、住羊圈啊？！"

"这……"爷爷整天心思放在说唱维持生计上，真还没想这么多。

"妮子啊，你都听到了，我觉得你娘说的有道理。这样吧，你和式勋带着老二、于圆德先去兰州，探探路；我陪你娘回杞县，领了地，盖了房再去找你们，如何？"爷爷本来就出自于草根，"家"和"地"的概念走到哪儿他都难以忘却，奶奶这话刚好说到他的心坎上。

"你们也该自立门户了。"爷爷又说。

"……"母亲一脸不解地看着爷爷，好一会儿，她牙咬嘴唇，就有两行泪顺着脸腮流下来。她没有想到突然间的变故会如此剧烈，原本想着有爷爷带着一齐去闯荡兰州，一切皆由他作主张。但，这会儿他却也要走，又总不能再跟着他去杞县，这该怎么办呢？

"姐，不怕，有我和姐夫呢。"于圆德到底是闯过社会的，并不认为有什么了不起。尽管岁数上他比母亲大，但他一直叫母亲"姐"，这是十年前爷爷给他立下的规矩。

"不怕，不怕，有我俩，人少干扰少，说不准你还能说唱出大名堂呢！"父亲又拿出了他那军人的豪勇之气。

"到了兰州，你去找陈素贞，她是名家又是老乡，她唱着河南的戏，你说唱着河南的曲，不会见生的。"爷爷提醒下母亲。

母亲点了点头，眼眶里装着的依然是泪水。

全家人各自忙碌，准备着行李，但空气凝重而沉闷。

母亲带二哥坐火车走的第二天，爷爷他们亦开始收拾行李和行当，解除与曲艺团所签合同，两座住房则托给茶房伙计暂为照看。这回还

叫于圆德同行,继续做弦师,母亲心里稍踏实了些;喜婷则回她三塬老家去了,走的时候也哭哭啼啼,难舍难分。父亲专程去了趟蓝田,他对祖母说,假如在兰州生存不下去,今后回来就直接到蓝田谋生了。

第七天　母亲说，她们向西再向西

火车吐着浓烈的白烟，像扯着一缕白云，贴着峰峦高耸的秦岭向西蜿蜒而去。驰出丰饶的秦川地，铺展在大地和山壑间的秋色越发的浓郁。车过宝鸡，那山脊上的树叶好像着了火一般，耀眼的红；而到了天水，则橙黄盈目，随风摇曳，光闪闪似金箔；再临到兰州，就枯叶稀疏，瑟瑟而落了。

母亲说，在宝鸡和天水全家也曾停留，但仅仅是暂时落个脚，换口气，恢复被火车拖得疲惫的身体而已。那时的火车胜似牛笨，更快不过马奔。

火车站建在大山的半腰，于车厢里便可遥遥望见整个兰州城的全貌：两山夹一川的西部古城，山是光秃秃的，了无生机；那几座突兀在一大片低矮平房中颇为抢眼的所谓高楼，其实不过三到五层，也被弥漫的黄土所笼罩，竟将这难得的亮点淹没了去；黄河从冰雪高原流到黄土高原，它第一次穿城而过，原本该造就出一道令人愉悦的风景，现在则因了它的细瘦和浊黄而失去应有的魅力。

而与之灰蒙、黄浊甚或飘逸着萧瑟气的氛围相反，这座城市里却正涌动着自东而西传播过来的文化热："不敢就说坠子书是我带到兰州来的，但确实在我们到来之前，这儿是没人说唱坠子书的。我们才试着说唱几场，大家听着都觉着新奇得不得了。尤其，那些来参加兰州建设的河南老乡，可说听到了痴迷和疯狂的程度。"母亲说。

母亲所说，我无法加以考证，但从母亲如下所述，便可推知坠子书在那会儿的兰州所受到的欢迎:"刚到兰州那会儿,举目无亲,为尽快挣得些钱讨得口饭吃,暂且安顿妥当住处,你爸就跑出去找到一家还算热闹的茶社,同人家说好前三场他们不收场租,咱们也不卖门票,打名声攒人气。此时的兰州也才解放不久,可以说百废待兴,尤其文化这一块虽然不少名家、大家纷至沓来,但仍还不能说就此迎来了文艺的春天,所以,当我们一旦拉开了场子,谁知引得居民们恁大的反应,人们像久旱盼春雨一样,每晚来听坠子都人山人海。他们渴望的两只眼直视着台上的戏,神灌气注,几乎鸦雀无声,听得声声入耳。"

"有坠子听了!"

"从来没听过,新鲜得很呐!"

高原古城里人们奔走相告,只一个曾经名不见经传的地方曲种,却如此引发人们的拥趸,这不能不说是文化所独有的魅力。母亲说,爷爷就曾讲:"只要有人来听说唱,并不是只说咱们说唱的曲调有多好听,最主要的是咱们说唱的内容原本就特别传统、经典,不论在中国的哪个地方,没有人不熟知这些内容。"

"所以,我们这些看似不起眼的流浪艺人,如果说唱功夫到家,内容引人,不愁吃不上饭。"爷爷还说过。

"于先生,我们是兰州人民广播电台的同志,想请你们'班子'到我们电台去录音、灌制唱片。"一天午后,母亲和于圆德正在准备晚上的说唱,几位身穿中山装的中年男女走进父母那会儿的暂时落脚地,一处叫毛家巷的家中。

"录唱片?"于圆德这会儿主要操持里外说唱所需的联络沟通,但他和母亲这个时候还不懂得录制唱片是怎么回事。

来人中的一位中年男人说他是副台长。他介绍说,台里最近收到不少听众来信,希望电台能够安排一档曲艺节目,播放他们新听到的

河南坠子,但电台尚未录制过这样的唱片。他们是被听众领着才找到家里来的。

"咱们家那时住毛家巷,离黄河第一桥兰州黄河大桥不远,很好问,找到了那座铁桥就等于找到了咱家。"二哥在兰州长到六岁,童年时他经常邀邻居小伙伴在铁桥的这一头玩耍,记忆尤为清楚,他曾向我讲述过那时的家。

"就是你们说唱,我们用机器把你们说唱的声音录到磁盘上,然后再放出来,通过电波传出去,让有收音机的人能收听得到。"跟在副台长身后他们叫他录音科长的人解释了半天,母亲到底还是弄不清楚这录音讲的是什么,就糊糊涂涂说:"那是好事,我们说你们录,录完我们先听,中的话你们就放。"

母亲和于圆德携着三弦等一应用具,第二天被带到电台大院一间幽深、寂静、四周墙壁漆黑并洞眼密布的房间里。

"这叫录音棚,你们准备好,我说开始你们就说唱。"那位录音科长带着几个人在忙碌。

"没听客?"于圆德问。

"不邀听客,有听客杂音多,放出来效果不好。"

"没听客,我们说唱就没劲头了。"

"你们心里想着这屋里坐满了听客就行吧?"

"他们要鼓掌、起哄、哭喊、叫骂,这哪有啊?"

今天于圆德显得很是固执。其实,这是多年来他和母亲从说唱中体会到的经验,有了这些声音的存在,场子里越发热闹,他们就知道听众听得上了劲,会愈发地激情四射,感情会完全地被抒发出来。

"于先生,您要不先试试?"录音棚里的确不能请听众到场,技术员露出为难之色。

"姐,你说中不中?"于圆德问母亲。

"咋着都行！"母亲嘴上这样说，心里却在想，没有听众的场子，就"空唱"着，嗓子都怕放得不够开。

"那咱就试试呗？"于圆德心想人家有人家的规矩，怕僵持下去令人尴尬，就说那咱赶紧试试吧。

录音棚里一片寂静，暗淡的灯光变得更为明亮，宛如阳光普照着的寂寥山谷，晕染出开场之前的沉静之气。母亲依然目视前方，微气轻舒，手中的檀木板只轻轻一叩，于圆德的弦声亦随之而应，瞬间汇聚成一曲韵味无穷的旋律，填满了整个录音棚。

母亲神清气定，仪态更为雍容。虽然录音棚不似真正意义上的舞台，亦不见听众或观众，但母亲大概明白此刻的说唱台下的"无胜于有、空胜于实"，她尤为投入和专注，投出的一袭眼神，挥就的一个动作，唱出的一句台词，用到的一曲腔调，细致入微，丝丝相扣、每每传神。或是受到母亲感染，于圆德似乎也没有受到"空场子"的影响，弦起弦落，声断气连，为母亲的说唱所引领，超脱而又安然，营造出另一番别有韵味的说唱氛围。

录音顺利结束，一次成功。

"没想到你们会这样地入戏！"

"比专业人士还专业！"

几位技术人员跑过来，帮着收拾乐器之类，禁不住赞叹道。

母亲这次说唱的是《杨门女将》。有了这次录音体会，后来接着的几次录制，均一气呵成，顺当圆满。

"我前面的说唱和这次录音之后的说唱，都随着风和云飘走了，即是留存在人们记忆里的，人也终归会老去、逝去，唯有这录下的音，大概还能长久地存留于世，你妈也算不枉到这世上走过了一遭。"聊到这一段经历母亲不止一回这样地感叹。她还曾催促过我："你找个机会到兰州人民广播电台去问问，看能不能找到那磁盘，让妈再听听几十

年前自己的声音?"然而,我后来一直生活在距兰州数千里之遥的南方,时过境迁,半个世纪过去,母亲心中所惦念着的录有她生命之唱的薄薄的磁盘,也可能早就不知被尘封在了何处。或在"文革"中被当作"封资修""牛鬼蛇神",化作了灰烬也是说不准的。

寒风凛冽的二〇一一年隆冬,母亲逝去,那几张磁盘,成了她留在这个世界上的绝唱,我或我们还能听到她那充满艺术魅力的说唱声吗?

很快,母亲便在收音机里听到了自己的说唱声,这于她也是头回,既兴奋又激动。母亲说,曲艺界的前辈们竖起大拇指都称赞她这坠子说唱到了炉火纯青的地步。电台里派人送来纪念品,说是收到了大量的听众来信装满了一抽屉,强烈要求电台再多录几组这样的曲艺节目。尤其,前来投入开发大西北或生活在兰州及其周边的豫籍听众,对于能在千里之外听到原汁原味的曲艺乡音,令他们感受到了莫大的精神慰藉。乡音与乡情,既无法被隔绝亦无法被取代。

果如电台来人所说,母亲的这回录音不仅在社会上引发了反响,甚至传到了部队营区。有豫籍战士找到领导,请求把说唱班接到部队,能够现场说唱。

"战士们听到了广播中的坠子,乡音动情,委托我们邀请你们到连队里为他们说唱说唱。"一天上午,几位军人左右打听,找到毛家巷家来,其中一位握着于圆德的手说。他们是先找到兰州市文联,询问到我家住址的。

"好事啊!快到'八一'啦,市文联也作过布置,要求曲艺、戏曲到部队去演出。不过我们的这些说唱土得很,原先是街头卖艺的啊!"于圆德好像有些受宠若惊,却又有些担心。

"不要紧的,咱们部队战士主要听那些能鼓舞士气和励志的,有爱国情怀的。"握着于圆德手的那位首长说。

"那好，我们准备一份节目单，过几天你们派个人再来一回，大家具体商量商量，你们觉得能成了，我们随时可以去为战士们说唱。"

"那就一言为定。"看得出来，部队来人是颇为满意的。

"咱的说唱真的有恁大用处？"母亲自言自语，似乎感觉到了她现在的说唱不仅仅在让人为此讨乐，好像还应该包含更为独特和深刻的作用。在此之前，母亲还从未如此专注地想过自己的说唱到底是为了什么。

"看来，到兰州是来对了。咱今后的说唱会越来越被人看重！"母亲这会儿仿佛找到了艺人的价值所在，她还从没这么的自信过。

人，一旦有了做人的价值感，等于捕捉到了做人的使命。抛开人生的使命，而高谈阔论人生的目的和意义，就显得空洞和不着边际了。母亲或许并不懂得这些道理，但她心里一定感觉到了。

三四年间的南北东西奔波，令母亲身心疲惫，虽然她和爷爷在顽强地坚持、支撑，只有到达兰州之后，这才算恢复说唱常态，焕发出压抑了许久的激情。

在母亲看来，用一辈子去说唱坠子，成为她一生之所求。

母亲和于圆德以极大的热情投入到接下来的说唱中。

部队住地分散，有的甚至远到偏僻的深山里，为此兰州市文联专门成立临时文工团，戏曲、曲艺、小杂技、魔术，各种形式的演出囊括于一，便于战士欣赏形式各异、体裁不尽相同的节目。如此，母亲他们却倍加辛苦，汽车进不去的地方得弃车徒步，走上半天。不过，体力上的付出母亲没有任何畏惧，她担心那些所说唱的段子，是否适合战士。尽管这些段子的内容部队领导在此之前都听过了介绍。

"能不能找些新的段子，哪怕我加班把它学出来，说唱给战士们听？"母亲向文联领导建议。

"你和我们想到一块去了,不止曲艺其他戏我们也打算调整和部分更新。"母亲未曾料到她的想法与领导不谋而合。

很快,文联里的专业创作人员动作起来,反映部队英雄事迹和社会新风尚的节目被创作出来。母亲拿到两段唱词,一段描述志愿军战士"罗盛教救崔颖",另一段"十女夸夫",也说的是妻子送郎上朝鲜战场的故事。

显然,母亲有些迫不及待,她按照传统调门试着哼,觉着顺耳就定下调子,于圆德掌弦配器,只几个晚上两部唱词被母亲完整地说唱下来。母亲先在文联和部队领导、创作人员面前试着说唱,结果掌声热烈一片叫好。

数天之后,母亲终于听到了官兵们整齐、激越、颇显气势的掌声,她顿时心花怒放。

现在的母亲,她的认知世界开始发生悄然但翻天覆地的变化。以往,她潜意识里充塞着为活命而必须去说唱,为生存而必须去学说唱的意念,哪怕忍辱负重、哪怕九死一生、哪怕颠沛流离。自从解放之后,自从来到兰州,自从进到录音棚里,到现在站在身穿军装的官兵面前,她还从来没有感觉到坠子的说唱既是职业,更是一种艺术的追求和向往。母亲说,直到这时她方明白人的命运和生活原来是可以这么的丰富和精彩。

的确,假如人生果真是有命运的,那么,总会遇到机缘将命运推送到一个难得的展现人生辉煌的制高点上,一次、两次或数次,但次数一定不会太多。母亲现在就处在这样一个人生和事业双重峰巅的制高点上。

一九五三年四五月间,黄土高原上的绿正欲浓烈起来,桃、杏、梨、苹果,或大如鸡卵,或小似弹球,沿着黄河两岸挂满枝头。塬峁上头缠羊肚子毛巾、一袭黑棉袄的老农们,解开衣怀,杖犁于塬间难得的平坦田地，点瓜种豆，期冀着几个月后的瓜满地、豆满陇。母亲刚怀上了姐姐，孕初反应挺是难耐，在家里暂时养身。一天市文联派人来通知她，她被确定为"抗美援朝慰问团"团员，三天后赶赴宝鸡出国前集中培训，不久即前往朝鲜慰问志愿军。来人还把带来的黄、蓝两套西式套裙，茶缸、毛巾等礼服、用具，一股脑儿放到母亲面前。母亲说，这是她做梦都不曾想到的，父亲、于圆德闻之脸上都绽开了畅快的笑容。十多年前被人贩驱赶着背井离乡的黄毛丫头，如今不仅成为真正意义上的说唱艺人，而且就要接受人民重托，担当起传情使者，把祖国人民对于志愿军官兵的牵挂和赞美，带给他们让他们感受到祖国的温暖、人民的厚爱……只可惜，这等喜悦却是无法及时让爷爷、奶奶知晓了。

正当他们一切准备妥当静候出发命令的时候，从朝鲜传来消息：战争就要结束，停战协议即将签订；慰问团暂不出发。最终，母亲他们还是未能成行，但她说她一点儿也不觉得遗憾，反而备感自豪：因为那个年代、那种职业，能够代表祖国和人民出国，本身就是一种极高的奖赏和荣誉。

这足以令她的艺术生涯熠熠生辉！

幸福，或许多有眷顾那些曾经命运痛苦不堪、磨难不断或者总是在追求卓越的人。母亲此刻正享受着这样的幸福：在兰州市人民代表大会代表资格的选举中，母亲高票当选！

"你是文化艺术界艺术家的代表呀！"市文联领导握着她的手向她祝贺。

"艺术家！"母亲至此，完成了她在自己人生历史上的定位。

这足以令她的艺术人生载入史册！

但这时必须说清楚的是，母亲却只有二十二岁，并抚养着两个孩子，从艺整整十二年。母亲创造了那个年代的奇迹。即便在今天，创造这

市文联派人来通知母亲,她被确定为"抗美援朝慰问团"团员,三天后赴宝鸡出国前集中培训,不久即前往朝鲜慰问志愿军。

样的奇迹也不是那么容易的。

而母亲的心情一直静如止水，她不曾有过如此奢望的追求。甚至，她可能还弄不懂"艺术家"仨字对于她意味着什么。不像现在动不动必称大家、大师、大腕，老师、老板、老总。

夜深了，母亲撩起裤脚，将之前一直系在脚脖子上的那根红绳子，轻轻解下来端视良久，然后放进贴身内衣的兜袋里。

母亲依然跟着文工团去到部队演出。不过，这时的文工团与此前已不尽相同，为了整齐划一，团员们穿起未佩戴领章、帽徽的"军装"，女性魅力展露无遗，更引来官兵们的一片叫好。

夏天和秋天匆促而去。

一九五三年冬天到来的时候，母亲的身子越发笨重，姐姐即将降生，她不再方便登台，只好在家静养待产。

"姐，快过年了，我也回趟家吧，都这么多年没看见爹娘和家人了。"于圆德这些年一直做着母亲的专职弦师，的确不曾回过民权的老家，趁着不陪母亲登台，回去和家人一同过个团圆年，倒在情理之中。

"你打算啥时回来啊？"

"等你坐完月子，能登台了，我先去找师傅，合计好后我们一块回来。"民权西邻杞县，回来那儿是途中必经之地。

"这样倒好，我等着哪！"于圆德还没走，母亲心里便已涌起他归来的期盼。

然而，令母亲完全没有想到的是，于圆德这一走，他俩之后再也不曾见过面。母亲在度日如年的企盼中，苦苦等待了四年，终杳无音信……

命运，总是无法猜度。这是命运本身所具有的诱惑力和价值所在。

尽管四年之后母亲知晓了于圆德的最终，但直到晚年，一旦提及于圆德她都会自言自语地伤感一番，充满惋惜和悲戚。

在于圆德眼里，母亲始终是身妹心姐。

而在母亲心里，于圆德是不折不扣的兄长。

当然，在母亲的记忆里，于圆德的救命之恩，是永远也不可能消失的。

一九五四年的新年，母亲过得郁闷而孤独。

好在，伴随着春天的到来，母亲生下了姐姐。

姐姐的降生，着实为父母平添了偌多的喜悦。而父亲则更甚之，在我二哥出生之后，他心里和嘴上总会有意无意地流露出再生个女孩的愿望，这回他尤其心满意足。

母亲也完全静下了心，尽着全力抚养姐姐。因为，于圆德的这一走，缺了弦师，她的坠子书就无法再去说唱了。

坠子，是很轻巧便捷的说唱曲种，说唱时可多到四至五人，少则一人。一个人的说唱是自拉自唱。显然，母亲如若登台，起码得有弦师伴着。

母亲享受着难得清静而安宁的家庭生活，这是自她跟了爷爷和父亲之后不曾有过的。她生大哥、二哥那会儿由奶奶帮着带，他俩甫出满月她便登台。现在，除却每天的喂奶、洗涮、做饭，再就是哼坠子。她常常手持檀木板，自个儿在不大的屋宇里走步、扭身、挥手、练眼神、嘴功，一招一式，一板一眼，举手投足皆如台上一般。

并且，母亲这时开始学唱起豫剧。在文工团里豫剧名家陈素贞是台柱子，每场演出她均唱压轴戏。耳濡目染，对戏曲艺术感悟力颇强的母亲就在台下默默跟着哼，不想心诚则灵，虽无文化但戏曲天赋卓越的母亲，没过多久也可以唱上几段豫剧了。

春催着夏，夏促着秋，转眼六七个月过去，黄土高原的气息里秋意渐起，然而，于圆德却一如遁迹人海，无踪可寻。

市文联和文工团领导先后数次登门，除了探望和拜访就是动员母亲能早些回团登台。他们说,观众和部队官兵们心里急,一再地催促。母亲只好解释:"再等等,于圆德他不会食言。没有三弦,我这说唱就不叫坠子书了。"

谁知,母亲的这一等,等过了一九五五年,等到了一九五六年。而且竟一等就是十年。十年中她再也没登过一回台。

母亲自学说唱,就由于圆德拉弦,中间几次曾欲以调换弦师,试过几回总难以相互契合,别别扭扭,这是说唱之大忌。说唱坠子,母亲早已把它当作自己一辈子用生命去践行的使命了,这是她自己的选择,也可以说是那个时代所赋予的。而一旦如此,它便有了公共性,成为公众的事业;并且对于母亲来说这样的使命又是唯一的,她愿意用一生的精力去从事。

母亲,是如此之忠诚于自己的使命,然而,于圆德的这一去不返,叫母亲一点儿办法也没有。她越发为之焦虑。

"式勋,你给杞县爹娘那儿写信问问,看于圆德那儿是不是出了啥事。"母亲催父亲。母亲并不知晓于圆德家的地址,好在,爷爷留有他杞县的地址。大概半个月后,信被退回:地址不详。

父亲再写,十多天后,信被退回:查无此人。

"这咋回事呢?"母亲纳闷儿,从箱底翻出爷爷临走时留给她的那张纸条,反复对照却并无差错。

焦虑,使她严重失眠,而白天她又要忙于照看二哥和姐姐。身体的超支,原先患过的虚脱症死灰复燃,为了防止随时有可能晕倒,她不得不常常躺在床上。母亲苦不堪言。

像是受到了传染,父亲的情绪亦随之发生了难以理喻且怪异的变化。

父亲原本就是不爱说话的,但性情中北方人的豪爽和粗犷尤为外露,对母亲、对家、对孩子极为尽心竭力。来到兰州后,他在火车站

谋得搬运工的差事，活计的苦、累、重、脏自不待言，收入并不高。不过，他舍得力气，又肯帮人，和工友们相处甚好。此时，无论母亲在团里排练还是外出说唱，他都会把二哥带到车站，留在身边，好让母亲毫无牵挂。而母亲的这一病，他从照顾二哥一人，突然变为要张罗大小三个人的吃喝拉撒，压力陡增，身心疲惫，雪上加霜。母亲躺在床上的时间越来越长，病更有加重之势，父亲的性情不免急躁、易怒起来。母亲看在眼里。她能够理解父亲，但在感情上却无法接受。他们结婚不觉也过去了七八年，其间无论何种变故，很少争吵、红脸，母亲多半逆来顺受。而现在当争吵与冲突几乎变为家常便饭的时候，即便再温顺贤惠的母亲，大概都难以忍受。

"咱们回蓝田吧？孩子和你都得有人照应。"一天，父亲突然向母亲提出。祖母、姑姑和姑父都还在蓝田。

"回蓝田？"母亲睁大眼睛，诧异地看着父亲。

"你看，我一个人照顾你们仨，累得很还照顾不过来，照顾不好。到蓝田，妈和妹都能搭上手，会好很多。"父亲解释，能看出他是经过深思熟虑的。

"那，咱不说唱坠子了？"母亲口吻有所加重，她似乎有些不忿。

"咱得先顾着人，顾着嘴吧！于圆德走了两年多了，看样子是一时不会回来了，你缺了弦师咋着去说唱？"这几年，父亲当着搬运工，工资倒正常；母亲在文工团工资凭分红，有演出，演出的场次多便有相对多的钱可拿，像现在她登不了台，是没有钱可得的。

"容……容我想想。"父亲说得实在，母亲的情绪有所缓和。但眼下这生活的情形，她又能想出什么办法来呢？

可以肯定，母亲的"想办法"之说，其真实意图则是欲以用时间换回空间。她尚无法厘清轰轰烈烈说唱了十几年的坠子书，怎么一下子就山穷水尽了呢？她更无法想象今后如果不再说唱坠子，生活该会如何进行下去？她极不情愿承认这个现实，但又无法回避。

生活上的艰难和困顿，已严重影响到母亲的精神世界。她苦闷、沮丧，甚至绝望，而这全然不是她一个人所能够承担和应对的。

第八天　母亲说，她像姜女哭长城

又是一个秋末冬初,又是一番别离愁绪。

一九五六年九月底的时候,父亲扯着二哥,母亲抱着姐姐,登上兰州开往西安的火车。

市文联、文工团甚至兰州人民广播电台的领导,在此之前曾不止一次到家里来挽留。并非母亲铁了心,病痛和于圆德的一去不回,哪怕她的意志再坚强,信心再坚定,心里再不情愿,现实也令她别无选择。

巧妇难为无米之炊,一粒米也能难倒饥饿汉。

"我先去看看咋着回事,要是能行的话再回来,一定再回来!"母亲见到谁都是这句话,反反复复。她不敢多说,多说上几句就会禁不住眼圈发红,哽咽不已。

火车开动那一刻,母亲到底还是哭出了声。她不曾想到,兰州这四年会令她的艺术人生如此地让人瞩目。现在她所舍弃的不仅仅是生活,还有事业和荣誉。这种舍弃对于挚爱艺术的她来说,不啻于舍弃了生命。在坠子书由东向西的流传中,像"坠子皇后"乔清秀之于天津,被誉为京城"三艳"的姚俊英、马玉萍、刘慧琴之于北京,坠子书在山东的代表人物郭文秋、徐玉兰之于济南,母亲可以说开了坠子书之于西北尤其兰州一带的先河。当然,在母亲离开西安和兰州之后,坠子名家刘兰芳、徐玉兰亦曾来过这里说唱,并留下佳话。

对于母亲来说,这是一个残酷而悲情的时刻。但她说,她并不为此而悲观人生。

母亲不止一次讲述过这个时刻她的心情和离别感慨："火车开动，那低沉、厚实、悠长的汽笛声，让我听起来就觉得像坠子里哀伤的曲调。悲由心生，这个时候我如果不流泪，没有哭出声来，那么我是说唱不好坠子书的。坠子书里的段子打动我多少次，我就曾流过多少次的眼泪。不入戏，哪里唱得出好戏？"

困心衡虑。母亲又说："当年在临颍我都快要被饿死了，却仍在寻求活下去的希望。现在，生活上这么一点点挫折完全不是我选择离开兰州的理由。离开是为了寻找，坐以待毙，不如我主动到杞县，到民权，去找到你爷爷、奶奶，找到于圆德。为了能吃上一口饭，无所谓兰州还是蓝田，但如果坚持把坠子书说唱下去，那就得先去蓝田。"

出路，往往是被逼迫出来的。

而悲观，大概是人们所共有的情绪。

命运不可选择，但命运是可以抗争的。抗争，或令生命更显出不同于一般的意义。对于未来和未来的人生母亲既不舍弃，更不放弃，而在默默地抗争。

火车开动后，母亲一直将那根红绳子握在手里，她原本想把它系在左脚脖子上去。现在，她却收起了它，放回贴身内衣的兜袋里。

初冬，处于秦岭北麓的蓝田，虽不免寒意渐浓且缓缓弥漫开来，但田头、树梢仍存留着浓郁的秋的痕迹。田头，是结在枯萎秧头的硕大的冬瓜。这儿的村民为了让冬瓜长到极致，历经风吹霜打，他们往往让已成熟的冬瓜躺在地上再晾上一段时间，一则口味更香更甜，二则便于冬储。而树梢，则是有意留在梢头不急于采摘的柿子和石榴。秋风横扫过的柿子树早已光秃，枝丫遒然，火红的柿子就像一挂挂小灯笼，悬于枝端，随风摇曳，满山遍野，彤红一片，煞是壮观。

对于蓝田母亲并不陌生，她和父亲刚认识那会儿就多次随他来过。这里以温泉著名。现在再次回到故地心情却与过去大相径庭，毕竟她

怀揣着心事，脸上的阴郁之色始终笼罩。

着实高兴的当属祖母，因为父母为她带来了尚未谋面的孙女。而且，全家人得以团圆，这在生活那么艰难的异地他乡是颇为不易的。姑姑和姑父仍做着小本生意，无法更多地帮到父亲，姑父就拎来一袋子针头、线团、火柴、顶针、糖块、肥皂之类："你也做点小本生意吧。这些东西谁家都不可缺，你拿去能卖多少是多少。"于是，父亲挑起杂货担，手摇拨浪鼓，游走四邻八乡，赚些小钱，勉强能够全家糊口。

二哥上了幼儿园，姐姐由祖母帮着照看。母亲静养了段时日，身体果然得以恢复，脸上见到了红润，也胖了些。

"我想到趟杞县，去找找爹娘。"母亲眼见自己的身体有了起色，便对父亲说出她的想法。

"你这身子是好了许多，但天也太冷，还是再巩固巩固吧。再说，马上过年了，过罢年再作打算？"父亲知道母亲心上急，而如此寒冷的天，顺应了她还真不放心。

"先过年，咱家人这是头回团圆。"祖母也劝母亲。

"嫂子，我听说开封开门就是风，你这身子不一定能顶得住。过罢年，赶来了春，再去不迟。"姑姑快人快语。

"我总在家待着，憋闷呀！"母亲忙惯了，一时难以适应这样的闲居。

"那就接着哼你的坠子、练功呗。"这些天来母亲每日闲暇，就一个人到屋前庭院一角的柿子树下清口说唱坠子，也练习走步和招式。这座小院是向东家租来的，母亲这儿一旦开口便引得左邻右舍的老人和娃儿们，常常挤到院子里来靠着墙根边晒着冬日的太阳边津津有味地瞧着母亲的说唱，觉得比听秦腔要更新鲜。

母亲寻回了些说唱的感觉，暂且摆脱了难耐的寂寞。

南依峰峦高耸秦岭的蓝田，县城之外倒还算开阔，受古城西安、大秦、大唐文化辐射和熏染，民俗民风淳厚，山民壮朗、豪健，最为喜爱的就是喊秦腔。尤其逢年过节，听着那节奏明快、高亢嘹亮、震山撼谷的豪喊，血液的沸腾会令人青筋暴突，目射火燃之光，就想跟着而呼喊、跳跃。

秦腔，喊出了秦人的情怀。

母亲，或许有些时日没有浸染在这样的氛围和情怀之中了。一旦她由父亲和姑姑陪着闲走在年味儿甚浓的蓝田小城街头、庙会，人潮如织，秦音盈耳，她就明显精神亢奋，跃跃欲试地想登台说唱她的坠子书。当年，在西安六合茶社、在兰州城乡及军营，哪一场说唱不是人山人海，盛极一时？

如今，这一切似乎都成了她难以追回的奢侈记忆。

父亲说，母亲这个时候是一边珍爱着红尘，一边仰望着精神。她一旦回到家里，总就搬了小凳子于柿子树下，独自哼唱。

大概就是从这个时候开始，母亲开始养成了独哼坠子的习惯。

但这并不能令母亲摆脱无法登台说唱坠子的苦闷。

"还是尽早往杞县去一趟，不见到爹娘和于圆德兄弟，说不上坠子，我这心里咋着都不舒服。"刚过完年，母亲就急着要赶到杞县去。

"你一个人中不中？"父亲找不到拒绝的理由。

"有啥不中？汽车、火车、火车、汽车，接龙样地转，没啥难。"经过这些年的东奔西走历练，母亲已不似裹着小脚没出过远门的小媳妇了。

母亲从箱底翻出那张爷爷当年离开西安时留给她的纸条儿，那上面写着爷爷在杞县的地址。

火车长长舒出一口气，驶出了山势巍峨的潼关，进入黄土叠嶂的丘陵地带，服务员说这就到了河南地界。母亲的心跳陡然加快，出神的眼睛贪婪地向着车窗外张望，急切地像要寻找到什么。这是她自十五年前被人贩子带离家乡后第一次重踏故土。此前，埋藏于她心底

的另外一个愿望，就是寻回老家找见外婆、外公和不知生死的三舅，这种感情其实更为强烈。母亲说，十五年她所以没敢成行，多是恐惧于外公、外婆和三舅他们是否尚在人间。想回而不敢回，是让存留在她心里的他们仍生活在世上的希冀不至于破灭。

思亲，整整煎熬了母亲十五个年头。

母亲从贴身内衣兜袋里掏出那根红绳子，于哐当哐当的铁轨与车轮的撞击声响里，一遍一遍地端详着它。毫无疑问，睹物思人，母亲一定是想到了外公、外婆和不知生死的三舅。

母亲其实并不知道河南的地界到底该有多大，她此刻所乘坐的陇海线火车，离她的出生、儿时的生长地漯河临颍还远着呢。

"咦，妮啊你咋来了？"母亲从开封下火车，走一程问一程，靠着步行，找到几十里外地处杞县东北端的爷爷、奶奶家。

爷爷和奶奶喜出望外。

但令母亲吃惊的是，已长到八岁的大哥却躲在奶奶身后，瞪着疑惑的大眼，张望着母亲。

"叫，叫妈啊！"奶奶把他向母亲身边推，他却紧扯着奶奶的衣角不松手。

可不咋着，大哥离开母亲已近五年。五年，曾经残留在他记忆里的母亲的容颜，早已被岁月风化得无影无踪。

母亲躲过脸，泪夺眶而出。

这还不是令母亲最为伤心的，让她唏嘘不已的是于圆德早在三年前就离开了人世！他从兰州回到民权就一病不起，过完的第一个年，也成了他的最后一个年！

母亲在床上躺了三天，不思茶饭。

三天后，母亲说她想去民权，为于圆德上坟。爷爷说那倒不必了，于圆德过三周年时他和奶奶去过了。而爷爷不便说明的是，杞县那一带的风俗是同辈人过世,年长者不宜到年轻者的坟上去做冥祭,母亲年岁上虽没于圆德大,但爷爷早年曾嘱咐过,他叫母亲姐。母亲却是不知这些风俗的。

黄昏,母亲牵着大哥,来到村外野地。初春时令,草木却依然枯萎着,小北风卷起的残枝败叶,贴着地皮舞蹈般飘飞。麻雀亦在地上蹦来跳去,为难以觅到足够的食物而发出急促和焦躁的鸣叫。

母亲颤抖着手,捡起树枝在地上划了一个圆圈,在圈里摆上几样供品,点着了一叠纸钱。

"跪下,给你于叔磕个头。"母亲扶着大哥跪在供品前。

纸钱像被泼上了油,火焰倏地蹿起。

母亲先是低声抽泣,终是禁不住悲自心起,一声"我那可怜的兄弟啊!"长长哭嚎,泪似泉涌,撕心裂肺……

纸钱燃起的火苗缓慢熄灭,几缕青烟早被风吹远了,而保持着纸钱形状的灰烬亦随风轻飘打旋,似几只苍色的蝴蝶,停停飞飞地悬在空中。

而母亲还在抽泣……

现在,母亲方才弄清爷爷他们这座村子,解放后被从原来所属的乡划归到另外一个乡,村名也略有改动,难怪他一直收不到母亲的信,自然也就从未给远在兰州的母亲写过信去。

"爹呀,咱的坠子书就不说唱了?"又过两天,母亲的情绪略为好转。

"咋不了?!我早就想和你娘再回西安去或兰州,可这几年她老生着病,登台,今后大概很少了。于圆德的这一走,连个合适的弦师都难找。"爷爷无奈地说。

"那,咋办?"

"咋办?再熬个三几年。我找了位老弦师,正让老大跟着学,还不错,这孩子脑灵手巧,用用心不出三年,他就能给咱俩配弦了。"大哥自五

岁起学拉三弦,爷爷着意调教,现在已能拉出垫场小段,而要拉出整场大段,不下六七年苦功,几无可能。

"但愿吧。"母亲拉过大哥,爱怜地揽在胸前。

"难为孩子了。"母亲知道爷爷的严厉和苛刻,但大凡学得一门手艺,骂抑或打都是躲不过的。

"哪能不吃苦头?咱们谁没经历过?"奶奶接过话头。

"那,我就先回蓝田了。"

"先回吧,再过上个两年,待老大能拉下大段子,我就带上他去蓝田,你们母子俩搭台,太有意思了。"爷爷也充满了对坠子的期望。

四月天的时候,母亲回到蓝田。

鹅黄浅绿已铺满了山水。清明前后点瓜种豆,山坡上和远处的土塬上人影绰绰,春种、夏忙,为生计人们开始了又一个年度的操劳。此行,母亲虽然不免伤感,同时也获得了些许慰藉:终是知晓了于圆德的归宿;大哥学会了三弦,与母亲同日登台便不再遥远。

希望,在母亲心间春风吹又生般复现,她脸上绽放出难得的笑意。

二哥和姐姐仍由祖母照看,母亲身体向好,姑姑替她找了件较为轻松的工作,到蓝田县食品厂学做点心。但母亲每天下班后仍习惯于到屋前柿子树下去哼她的坠子。日子平淡但安稳,在母亲一生中屈指可数。或许,这会儿她的心情是最为舒畅的。

快乐的日子总是过得显快。

一九六〇年初,我就在这样温情的日子里孕育于母腹之中。

"你到杞县来吧,一是养好身子,等着生孩子;二是利用这段日子同老大配配弦。"爷爷听说母亲怀上我,就托人捎来口信。

全家人凑在一起商量,觉得爷爷说得颇为有理。

时隔三年,又到寒风料峭的初春。不过,这个春天明显不再艳丽和青翠,天空笼罩着灰暗和沉闷。连续几年的自然灾害,使困顿生活的阴影端倪初现。

这回，轻车熟路，母亲顺顺当当找到了爷爷的家。

爷爷早几年盖就的普通豫东农家小院，此刻倒透出些许春的气息。每日傍晚，小院的老枣树下，大哥调弦、试弦、挥弓，母亲则取出包了好几层绒布的檀木板，两个人开始有板有眼正正规规地说唱坠子。夜像洒于水中的墨汁，日落之后缓慢浸染开来，一盏小马灯挂在枣树枝上，微光摇曳，影影绰绰，营造出恍若隔世的梦幻般感觉。循声而来的左邻右舍，自带了小凳，黑压压坐满小院。如此困难的年景，喝着白开水就着高粱窝窝头的日子，大概好久没有听到这原本就属于他们的坠子书了，所以，他们听得很是用心，从不吝惜掌声和叫好，亦不顾忌眼泪和悲摧。坠子书，自清道光年间在他们脚下的这块土地上诞生，一百三十余年过去，滋润了他们几代人的身心和灵魂。

日复一日，除却雨天和风沙狂吹的日子，小半年时间母亲几无间断为乡亲说唱，给他们干涸的心田带去春雨般的浇灌，给他们正在经历着的忧患、备尝艰辛的生活平添几许乐观和乐趣。而母亲则似恢复到了先前的正常说唱状态，情绪大为好转。让她尤感欣慰的是，大哥所拉的三弦已远离了嫩稚之声，技法纯熟老到。虽然他刚满十岁，但仅听弦声怎么都听不出它出自一位十岁孩童之手。并且，母亲感觉到她的说唱与大哥三弦间的配合，天衣无缝，默契协调，就像找到了当年的于圆德。

母亲急切着再度登台，躁动于她腹中的我却愈加地不安宁。终于，一九六〇年十月秋收冬储之际，我啼哭着降临到成语"杞人忧天"的出处之地。

"你其实生不逢时，因为苦日子已经开始了，很多人家为吃饭而发愁，你却偏偏来跟我们抢饭吃。"母亲后来曾幽默地对我说。她言下之意是我极有可能养不活，会匆匆地来匆匆地去。

母亲多天下班后仍习惯于到屋前柿子树下去寻找她的柿子。日子平淡但安稳,在母亲一生中屈指可数。

地处黄泛区的杞县，甫进十月，风沙便逐日加大，几乎每天打开门迎面而来的就是风沙，其猛烈景象令人恐惧和窒息。月子里，母亲说她是足不出户的，蜗居于底层为羊圈二层住着人的小阁楼上，抱着嗷嗷待哺的我，小心翼翼，生怕有个什么闪失。

人算不如天算。我们谁也琢磨不准冥冥之中的命运，尤其一个人的命运。在我即将出满月的前几天，父亲拍来的一封加急电报，到底还是改变了母亲正在向好的命运："母亲病危，速归！"

母亲顷刻间惊呆在那里。

沮丧，也随即弥漫到爷爷、奶奶心头。

"你祖母那天早起做早饭，正拉着风箱，头就那么一歪，软软耷拉下来，人就再也没有醒回来。"我长大后母亲多次说到祖母当时发病的情形。当然，她也是听父亲事后讲的。

祖母突然脑出血，当下人便昏迷过去。

回，还是不回？母亲陷入两难。回去吧，我尚未满月，乡下的风俗是月子里的大人和婴孩是不可以出屋的。不回去，母亲和我一辈子或许都不可能再见到一息尚存的祖母。

爷爷说："妮啊，你自个拿主意。"

"她俩都还在月子里，哪能说走就走？！"奶奶说啥不让母亲走。

母亲沉默片刻，紧蹙着的眉头又是一拧："娘啊，我还是回去吧，要是老人家真的要走了，式勋他一个人咋忙得过来？再着，出月子也就剩这几天，不打紧的。"

"我先把话撂下，落下月子病，一辈子都甭想治好！"奶奶摆摆手，露出满脸的不悦。

太阳升高了，但被风旋带到空中的黄沙淹没了原本白灼的光，天空便呈现出混沌和浊黄。杞县通往开封的乡村小道，路面也早被风吹得泛了白。嘎吱、嘎吱，爷爷手推独轮小车，母亲抱着我坐在上面，

朝开封推去。

"爹,咱啥时能登台?"母亲和爷爷路上说些闲话。

"说不准啊,眼下正闹这饥荒,连吃饭都难,谁还有心思听坠子?"

"唉,我都六七年没登台了!"

"我这也急呀,听说外面那些坠子说唱名家也说唱不下去,都回家来了。"

"若再过几年还是这样,弄不好它就会失传。"

"真会,但咱能有啥法子?"

"那就可惜了。我会天天哼上几段,尽着力保证不在咱这儿失传。赵林的三弦,您还得盯紧,日子再困巴,不能让他半中间扔下不练。"大哥跟着爷爷姓,单名林。爷爷的意思是寄希望他之后这个家的人丁能尽快兴旺起来。

母亲抱着我回到蓝田的第二天,晌午时分,祖母于微息轻喘中忽地睁开眼,发出最后一束亮光向四周张望。守在床头的母亲赶紧将我抱到她面前:"娘,您孙子!"祖母会意,手欲动未动,露出满脸宽慰的笑意,头一歪,长长呼出最后一口热气……

母亲拼上性命,终使祖母见上了我娘儿俩最后一面。

祖母大概笑慰于九泉了,她的遗容平静安详。父亲曾对我说。

祖母被埋在蓝田城外一处平缓的岭坡上,坡下聚汇着一潭清澈的水。我在西安当兵时父亲曾带我去给祖母扫墓,他就是凭着对这潭水的记忆找到祖母长眠的地方。父亲还对我说,那时家里穷,实在无力将祖母运回老家安葬,就花了些钱请风水先生为祖母择得块宝地。正因为如此,直到现在祖母仍安息于蓝田,尚未同被日本鬼子刺死的祖父合葬。

祖母的突然辞世,令父亲悲痛不已。而母亲终是落得身月子病,她总觉得她的腹中多长出一块条子肉,横亘在那里,令她喘不过气,百般诊治,一辈子亦未曾治好。但母亲说她并不后悔。

一九六一年的春天姗姗而来,风中多了些残花败絮的馨香之气;雨脚变得越发的细密,鸟儿鸣唱得依然悦耳。老人们常说,春天时节多抬头看看天。看什么?无非是在寻找云朵、繁花、雁阵、绿荫。然而,这个春天无拘的平川或坡岭、河岸或涧边,人们渴望的目光哪怕穷尽了天空,也难得见上一处绿色,听到一声人欢马叫。山瘦水枯,甚至树皮亦成为果腹之物。

"咱回老家去吧,再在这儿待下去非都饿死不可。"父亲整日眉头紧锁,无奈之下就向母亲说道。

二哥上着小学,姐姐也快到了上学的年龄,我尚在襁褓之中,母亲没有那么足的奶水可喂,令我啼哭不止,却是满屋找不到任何可以下肚子的东西。大小四五张嘴,只有父亲一人挑着货担,出去东奔西跑一整天,往往卖不出几件东西,欲以此维系全家人的生计几乎不再可能。

"回老家,这日子就过好了?"母亲问。

"最起码有地种,吃粮、吃菜上不用发愁;俩孩子上学学费不会这么贵,光这两项就能省下不少钱。"父亲大概思虑过了好一段时间。

看着日渐消瘦下去的父亲,整日眉头拧着,母亲不免心生怜惜:"我只会说唱坠子,不会农活,不会针线,连饭也做不好。"母亲担心得更多。

"这不打紧,地里活我干,其他你跟着街坊邻居学就是了。农村孩子吃百家饭、穿百家衣长大,他们仨也一样。咱们这是在找活路,只要能活下去,说唱的机会不愁没有。"父亲主意打定,没有再回头的意思。

"坠子书里也说了,留得青山在不怕没柴烧。我只想日后有一天能把爹、娘、老大接过来,祖孙三代同台说唱,不能叫坠子在咱手里断了线,失了传。"母亲说,她当然感觉到了城里日子的艰难,并且想不出能有什么好办法度过,当下也只好随了父亲的意。

关于这段艰难日子的记忆，二哥曾经为我讲述过，几乎令我落泪。

二哥说，也就是父亲想说服母亲返回河南老家的前几个月，我大概七八个月大小，患上了百日咳。无钱买药，严重的营养不良，令我全身瘫软，除却尚存着一口细弱的气息，整日闭目昏睡，几乎不再有生命反应。父亲几近绝望，母亲暗自神伤，她甚至跑到菩萨像前，祈愿我不能再像几年前她因体弱而小产的哥哥。这天黄昏，父亲挑着货担子急急回到家里，罕见地从怀中掏出一只被烧得热乎、香喷的红薯。母亲赶忙剥了红薯那焦黄的外皮，将薯瓤放入了瓷缸，添上些许凉开水搅拌成糊，一勺一勺喂进我的小口里。红薯的香味在屋子里飘逸，二哥和姐姐扒在桌沿，吞咽着口水，眼巴巴地看着母亲为我所做着的这一切。

几天后，我睁开了小眼。

"你的命，硬呐！"母亲喟然长叹。

日后，当我从二哥那里听到有关我的这段死而复生的往事，我想这哪儿是我的命硬，分明是我的至亲们那似海深的情，比天大的爱拯救了我！

也就在这当儿，居委会把整个街道类似父母这样的外来人口，包括姑姑和姑父，召集到一起开会，说是政府也希望外来人口能返回祖籍地谋生，这座小城承受原住居民生活的压力已经令他们喘不过气来。

"还是走吧，也算咱响应政府的号召。要不，人家都赶咱们走哩！"走出居委会，父亲自我戏谑道。

"哥，你们先回，我们再往下看看，情形不好，真过不下去，随后也回。"姑姑跟在父亲身后也说道。

"唉，命真苦啊！"母亲长叹一声。

第九天　母亲说，跟着你爸回老家

一九六一年秋末，也就是我刚过周岁，我们举家迁离蓝田。路过西安的时候，母亲专程到六合茶社去了一趟。她前后左右地寻觅，以期能找回往昔流逝的岁月。茶社已不复存在，人走房空，一片沉寂。茶房伙计倒没走远，两鬓露出了白发，母亲曾经住过的三间瓦房，在爷爷、奶奶离开时已卖给了他。就要上火车了，母亲向茶房伙计辞别，再一回头，一行泪水就兀然而下。

"记得回来啊！"茶房伙计颤着声说，抬手抻袖，抹着额边眼角。

黄河，紧贴着邙山自西而东从巩义和温县交界的地方穿过。当然，它也就是这两个县的界河了。秋尾时的河水分明不似春夏的丰沛，浊黄细瘦。连接巩、温两地的渡口，随着流水的变窄向河中央一推再推，留下的河床沙滩就越发的宽阔，这当是过河人最为希望看到的。

一只小木船往来于两岸之间，哪边有人要搭就划向哪边。河水泥沙大，船如同漂浮在泥水之上，船老大纵然奋力撑竿，船却是驶不出速度。

火车清晨到巩义站，父亲雇了辆人力板车，装上行李直接拉到黄河岸边。

太阳从邙山后露出脸来，河滩上飘起湿漉漉的霜气。候着船，母亲无事可做，就把我从怀里放下，逗着我在细软的沙地上玩。母亲说，起初我是害怕的，战战兢兢，只敢在沙土地上爬。俄尔，经不住她一遍又一遍地呼唤，爬起、跌倒、跌倒、爬起，只三个来回，我竟止住了跌，稳稳站在距她数步远的沙滩上，接着迈步、停顿、迈步……呆萌萌四下张望。

没想到，我人生的第一步、第一行清晰的足印，却是在古老的黄河岸边！

"民儿会走路了！他会走路了！"母亲惊呼道。大哥、二哥和姐姐都是一岁半过才学会走路的。

忙着卸行李的父亲转过身，用慈爱和兴奋的目光打量着我。

成人之后，我曾无数次到黄河滩上驻足和游走，深情眺望着自西方天际滔滔而来的湍急河水，总会若有所思：这河水流淌得如此大气和庄重，承载着日月光辉，难怪用她来象征我们的国家和民族！多少回，我都欲以在这片铮亮的沙土地上，找回那行深深浅浅的足印……

小船抵达黄河北岸，脚下就是生养父亲的故土。他离开她已整整十八年了。近乡情怯，父亲这位枪弹从面前飞过连眼都不曾眨巴的汉子，此刻眼圈竟泛了红。这方土地不仅古老神奇，而且记载着他刻骨铭心的仇恨。

我们一家人跟在船老大帮着找来的另外一辆平板车后，走进视野宽阔的原野深处。窄窄的黄土路两旁，开始看见细弱的已被剥下玉米棒的成片的枯秆。或遇到了秋旱，那玉米秆麻秆似的，结出的玉米棒可能还不及一只红萝卜大小。看来，连年的灾荒已令这方富庶的土地，失却了"富冠海内"的千年美称。史料显示，这儿一直是汉民族最早聚居区之一，气候宜人，四季分明，土地平坦而肥沃，尤宜于农耕，盛产小麦和玉米。农耕文化造就农耕文明，生活于此的先民早在夏时就曾于我们那座村子南的高地上建立温国，至商、周更成为畿辅腹地；春秋时晋国在此建县，战国到秦汉一跃而被誉为"天下名都"。建县至今绵延二千六百五十多年历史，长盛不衰，这在国内县治史上恐怕亦为数不多。

既然历史悠久,文化和文明必然发达,正如人们常说的人杰地灵。除春秋孔子七十二弟子之文贤卜商,也叫子夏者之外,三国一代枭雄司马懿、晋朝开国皇帝司马炎、北宋大画家郭熙,皆生养于此。明末清初陈家沟人陈王廷所创建的陈式太极拳,至今支派繁盛,更风行于世凡三百余年。文化和文明的昌盛亦催生这地域的钟灵毓秀,物华天宝,四大怀药之山药、牛膝、地黄、菊花,已有两千多年栽培史,盛名久远。而境内大量历史遗存,丰富且多彩。邢丘遗址保留了大量商代文化实物;东周盟书遗址,出土过大量盟书圭片,明晰反映出春秋时期诸侯会盟之盛况;虢公台遗址,留下了周恒王周臣虢公仲于此阅兵的宏大场面;汉代范窑遗址,则展现了古代劳动者高超的叠铸冶炼技艺;而慈胜寺大雄宝殿五代时期壁画,线条工整流畅,色彩斑斓,技法精巧,尤"四大天王"人物画,笔法奔放,立体感强烈,面貌之峥嵘,气韵之威武,精美绝伦……

低头、抬头,俯仰之间皆文化。

我们全家人的归乡,令偏处豫西北一隅的故乡小村,着实喧闹和新奇了好一阵子。父亲领回年轻端庄、被村里人称作城里来的媳妇的母亲,这在那时的乡村是极为少见的。而其实,母亲对乡村生活有着天然情结,并不陌生。街坊邻居更展现了其憨实、淳朴、热情的农民本性,那些女性长辈,从做饭到下田,从缝补浆洗到民风民俗,身授言传,没用多久母亲就都上了手,知晓和操持了这一切。

一九六二年的春节转瞬就来到了眼前。二哥和姐姐当然是第一次在乡间过年,充满新奇和兴奋。母亲虽不致喜形于色,但毕竟她这是跟着父亲在父亲的家乡头回过节,心绪没那么宁静亦在情理之中。不用说,父亲内心里充满着激动,劫后余生般的幸运之感,自是难以掩饰。尽管,这时的乡间生活依然困顿,不少乡亲几乎到了揭不开锅的田地,但父亲还是狠狠心拿出些少得可怜的积蓄,预备过上一个在众乡亲们眼里有些排场的年。

这年过年的景象是二哥日后向我讲述的。

二哥说,其实较之左邻右舍,父亲只不过多买了一斤猪肉、两根蜡烛、五斤白面和一挂万字头鞭炮。临街大门和堂屋几乎朽腐的门框上,早早贴上了两副殷红醒目的对联。

从大年三十下午开始,父亲亲自操刀,剁馅、和面、擀皮、包饺子。母亲则拿过针线筐,用刚刚学会的针线技法,赶着趟将二哥和姐姐的旧棉衣裤拆洗翻新。

傍晚,街头开始有一响没一响的鞭炮声,到了该吃团圆饺子的时候。父亲把祖父和祖母的牌位摆上八仙桌,盛满两碗热腾腾的饼子放在牌位前。他交代说要停上一会儿,等天上的祖父、祖母"吃"过了,家里人才可以动筷子。从蓝田回村后的第二天,父亲就曾急匆匆到祖父的坟前摆了供、烧了纸钱。他对着三尺黄土之下的祖父大着声说:"日本鬼子早被我们打垮、赶跑了,您的仇都给报了!"

五更天,屋外尚漆黑,兴奋了大半夜刚迷迷糊糊入睡的二哥和姐姐便被父亲唤醒:

"起来、起来,到院里去'笼旺火'。"

"笼旺火"是我们那过年的风俗之一。大年初一早上,家家户户都要在院子中央,把玉米芯、木头,抑或玉米秸、麦秆堆成堆,无论天刮风还是下雪,务必当院点燃。这样的火堆不仅会发出噼噼啪啪宛如鞭炮般的炸响,而且火焰熊熊,让小院子不再寂静,暖意融融。族中长辈或各家主人,无不希望自家的"旺火"燃烧得光焰冲天,且久久不息,这样便预示着新的年份人丁旺,家运旺……

"放鞭炮!"旺火尚在燃烧,父亲又招呼二哥。

于是,挂在迎门石榴树枝上长辫似的鞭炮,被二哥点着了。瞬间,火星飞溅,爆炸声清脆、激越,不仅响彻我家院落,即便整个村庄也

好像让它给震醒了过来。

"脱帽,三磕头!"与此同时,我家堂屋前来祭祖的族伯、族叔、堂哥、堂弟,长幼有序排成数列,面朝西山墙上挂着的先祖画像,齐齐跪下⋯⋯

"旺火"的余灰仍在发出暗红色的光。

红色纸屑铺满院地,蓝烟袅然,散发着火药特有的香味在飘逸。

先祖像下,两根红烛静静地燃;一块煮熟的猪肉,一只硕大的白馍馍,一碟饺子,一盘苹果,依旧摆在旧时用作祭台的桌子上,烛光笼罩着它们⋯⋯

二哥说,奇怪,那年大年初一全村放了鞭炮的大概只有我们一家。整个春节从初一到破五(正月初五),全村的鞭炮声始终没有响起来。后来,我们都知道那样的光景,正处在三年自然灾害中。

然而,二哥和姐姐的光鲜劲儿也只过罢初一、初二,初三早起他们便感觉到母亲的情绪有些不对劲儿,脸色阴郁,默然无语,心事重重。

"妈,咋啦?"二哥到底年长懂事。

"唉,你看昨个对门张奶,领着一大家子回娘家,也不知你外祖、外婆、三舅他们咋样了?"母亲叹气,手里分明搓捻着那根红绳子。

在我们乡间大年初二出门(出嫁)闺女是要回娘家的,触景生情,母亲在想念离别已二十年之久、生死不明的外祖父他们了。

"我再写封信去吧,这回咱写给当地政府,请政府里的人帮着找找?"父亲能够体谅到母亲内心的苦楚。

"能行吗?"母亲怀疑。

"你再想想,临颍老家那还有没有能够收到信的本家人?假如爹娘带着他三舅也逃荒到外地去了,咱这封信他们还是收不到。"父亲所想比母亲要周到和仔细。

"要不,起先在西安写的那封信,他们应该能收到呀!"父亲提醒母亲。

母亲皱起眉，直端端地看着父亲。俄尔，她舒展开她那稍嫌粗黑的眉头，仿佛回想起了什么。母亲说，她模糊记得临颍老家是有堂叔和堂弟的。她把自己卖给人贩子那天，日子同样难以为继的堂叔，原本也是想把堂弟给卖掉的，是外婆拦住了他："他叔啊，您这三侄都饿得不成人样了，还不知道他熬不熬得过往后这几天？咱郑家可不能绝后啊！"堂叔摇摇头，这才打消也把儿子卖掉的念头。

母亲告诉父亲，我这堂舅名唤君平，小她两岁。

承载着母亲殷殷希望的信，被父亲投寄到了临颍县民政局。

从大年初五开始，母亲的心境便陷入到焦虑不安的等待中。

春风踏着缓慢的脚步，融冰化雪，悄然吹袭大地。田地里稀稀疏疏的麦苗开始挺腰返青，乡亲们忍饥挨饿，仍然顽毅地劳作其间。他们知道，度过自然灾害的希望就在脚下的田垄上。

时秩出了正月，父亲掰着手指算，发出的信已过去月余。盼回信心切的母亲这回还会被无情的时间销蚀掉她满腔的期待吗？

日子看似平静，一天重复一天。

母亲的心绪，一天紧似一天。

"谢式勋，你的信。"母亲正望眼欲穿，穿绿色邮服挎绿色邮包的乡间邮递员来到我家大门口。

父亲三步并作两步走出大门，接信、道谢。母亲紧随其后，一路小跑追他到门口。

果然是一封为母亲带来极大喜悦的信。

是临颍县民政局的复信："……收到您的信，我们专门安排人到郑家庄查寻，所幸找到了您信中所提到的郑君平。据郑讲，他的堂伯也就是赵翠婷的生身父亲于一九四三年春节前饿死；大娘（赵翠婷生母）带其第三子（赵翠婷三哥）逃慌南阳镇平枣园，并与枣园一申姓人再婚，至今健在。郑君平一家人希望您能带上赵翠婷到临颍再认家门。而南

阳那边我们把地址给您,您可以直接写信去……"

"找到娘了!找到娘了!"母亲喜极而泣,瘫倒在床。

"我这就去南阳,找娘,找三哥!"母亲平静下来,不容置疑地说。

"去哪弄路费?"父亲知道这个时候他必须为母亲着想,可当下的生活窘境让他无能为力。

"天大喜事呐!这笔路费我给嫂子拿。"叔叔在临县孟县(现孟州市)当公办老师,大概稍有积蓄。

正月初十,母亲来不及过十五元宵节,便速速赶往南阳。然而,日后二哥和姐曾不止一次想问她见到外婆和三舅的经过,她总是摇头说:"提到这事儿就心酸,不免落泪,还是别再去说它了。"

当然,母亲尤其不会忘记的还是她的坠子书。

冬去冬再来,一九六二年即将过去的时候,母亲学会了全套农事技法,但父亲非农忙季节是不让她多到田间去劳作的。自农村人民公社化以来,土地大部分以生产队集体形式耕种,每家每户仅留少许自留地,种自食蔬菜和诸如芝麻之类经济作物,所以有父亲一个人参加集体劳动就够了。二哥和姐姐在村里上了小学,做家务和带我成为母亲的日常,这就使得她尚有些时间来哼哼坠子,熟悉曲调和说词唱词。

我们家住在村西,出村口向西南约一里地外,一脉小河擦村而过。由于它蜿蜒曲折,似条青龙在大地上游走,故名潜龙河。河水是清澈的,就连潜游于水底的鱼儿都清晰可见。它也并不算深,捕鱼人的鱼篙轻轻一点便探到了底。从村西而来的潜龙河贴着村边转了个外弯,向村南奔流而去。其两岸之堤便亦随着弯来绕去的河水而迂回旋盘,上面杨、柳广植,以柳树居多。春夏秋三季绿意浓郁,凉风送爽,鸟语盈耳。这么一处景致悦眼还透出幽然之气的别趣之地,村人们却很少往来,倒为母亲提供了天然的喊嗓子、练身功的场所。冬天,这河川里风狂气寒，母亲就关了院门，围着迎门而栽的石榴树，重复着那些看似枯燥的动作。到了该熟悉说词唱调的时候，母亲会移步我们这座主房的南抱廊，边晒着太阳边哼边唱。我家主房颇为奇特，它是前后四合院之间的堂屋，坐北面南，南北穿透。临南朝阳正面建有抱廊，既防雨雪还便于及时屋外家务，又可堆垛杂物摆放农具。夏时傍晚，屋中闷热我们就常常于此铺了竹席，每人一把蒲扇，摇啊摇就摇进了梦乡……

"翠婷，咱去西城外听说书去？"初冬，天擦黑，对门邻居张奶奶来招呼母亲。

冬天到了，田地里农活暂且停歇，村人们几乎都转入另外一种冬天才做的屋里活计，榨棉籽或黄豆油，磨芝麻油，做粉条、豆腐，焙地黄、搓麻绳、弹花纺线、浆线织布，甚至维护农具、翻修房屋，村子里哐当声不绝于耳，烟火味和着油香味飘逸在空中，一派热气腾腾景象。但到了傍晚，一切都会停了手，孤灯一盏，无聊无趣无奈。长夜难熬，有条件的村子开始排练社戏，到过年时轮村演唱，而大多数无事可做的村民则就去听"说书"。

"听说书？"母亲疑惑道。

"走吧，到那儿你就知道咋回事了。"张奶奶拉过母亲就走。

母亲从来不好张扬，她在家里哼哼唱唱坠子书时别人大都还在田间忙碌，所以知道她会说唱坠子书的人并不多，更何况在母亲到来之前的这方地域上，人们还根本无从知晓坠子书。

而张奶奶所谓的听"说书"，其实是温县境内颇为流行的京韵鼓书和河洛鼓书。在说的内容上它与坠子书相似或相同，多为传统曲目《岳飞传》等；而说的形式则大不相同，仅一人一鼓一凳一桌而已，并且只说不唱；与坠子书相比它要简单许多，不过，这并不影响它为众乡民所喜闻乐见。说来挺奇巧，这会儿的温县境内由西至东，恰好三位民间艺人支撑着曲艺这方天地，县西梁麦季也就是今晚母亲要去听的，

县中杨坷垃,县东"三不照"。自然而然,他们三人各据一隅,却几乎覆盖了整个县域,即便各自走村串乡,也不会去争地盘抢听客。其中,"三不照"名为最响。

母亲这晚听梁麦季说的书是《三不义》。

是夜,小北风刮走了云絮,澄澈的天空干干净净,繁星皓月尤显明亮。梁麦季五十来岁,瘦弱,皮肤像刚从曝日下走来,紫中见乌。他也一如杨坷垃和"三不照",那双曾经充满才情和乡民狡黠的双眼,不知为何虽未失明却患上了弱视。八仙桌摆在黑压压一片人群中,其上一盏马灯放出还算亮堂的光,再就是一面小皮鼓和一杯开水。他眼睑轻合,头似乎一直在抬着,左手持一杆烟锅,右手在一只布袋里摸索,撮出一团烟丝,装锅打火,有滋有味地抽着。俄尔,大概感觉到来听他说书的人到得差不多了,便将烟锅收拢起来,喝了口水,象征或习惯性地环"视"众听客,手抬槌落,"咚"的一声鼓响:

"啊、啊——!"一声低开高走的开场长呼,紧接着:"话说那……"这晚的"说书"终言归正传。

母亲和张奶奶各自搬了高脚方凳,坐在离八仙桌不远的地方,和梁麦季正对着面。

平原乡村的夜晚原本沉寂而静谧,现在却被梁麦季的"说书"声平添了生机和活力。尤其他手中的鼓槌,缓而不滞,轻而不浮;急时似豪雨骤落,慢时如猫行夜步;击鼓之声或轻、或脆、或弱、或似有似无、或飘忽于远近……

"这鼓敲得还真有些功夫,不亚于我手中的檀木板。"母亲在心里说。

梁麦季的"说书"渐入佳境,将众听客完全引进到他的语境和情景之中,随着他的"说"而喜、而忧、而怒,而悲怀、而叹息、而无奈。但唯一例外的是母亲,她几乎没有被他的情绪所感染,关注到他在说些什么。

母亲说,自梁麦季第一句"话说那"开口,她的心绪就不再平静。她说,这个时候站在众人面前说唱的应该是我,无数双眼睛盯着的应该是我,他们鼓掌、叫好的对象也应该是我。我假如现在能站在他们面前说唱上一段,现场一定会欢声雷动,因为作为女人在温县地域之内唱戏者大有人在,而作为女人在这块地域里去"说书"者却不曾出现过……

星稀人散,夜恢复了宁静。母亲躺上了床,却不住地翻身,起卧:

"式勋,到过年我要去趟杞县。"母亲推醒父亲。

"过年?还早着。咋这会想到了这档事?"父亲在军队上养成早睡早起的习惯。

"你不知道,才些去听梁麦季'说书',我心里可不服了;赵林的三弦拉得该差不多了,我想把爹娘接过来摆场子,让这里的乡亲也能听上坠子。"母亲有些兴奋,好像再不过几日,爷爷、奶奶和大哥就能马上来到她面前似的。

"我看能行,要不你早些去,再和儿子和和弦,反正大冬天家里、地里活不多。"父亲听罢提醒母亲是否能早点过去。难得他这么能够理解母亲的心思。

母亲歪在床头怔了半天,见父亲并不是在同她开玩笑,这才应道:

"那好。不过,还是过了阳历年再动身,我还得给他们几个做身新棉衣才行,等过年来不及了。"也许,母亲所憧憬的梦想就要实现;也许,母亲抑郁的心扉照进了明艳的阳光;也许,母亲几近十年的失望即将迎来崭新的希望,她终于安安静静躺下身去,轻轻的呼吸声均匀而顺畅。

第二天早起,母亲说她晚上真的做了个奇特而美妙的梦:曾经黄沙际际寸草不生的黄河滩,竟芳草萋萋,从覆盖着冰冷洁白的雪层下拱出,葳蕤而茂盛。

一九六三年过罢阳历年不久,母亲独身一人再往杞县。

从黄河故道吹来的北风,在开封与杞县之间的沙碱地里搅起阵阵尘雾,如同浓云翻滚,在如此恶劣的环境下生活、生存,可想而知,得有多么巨大的坚守勇气!故土难离,难离的是人对土地的那分浓烈的情感。

母亲在这时、在这里却听到了弦声。

弦声是从爷爷那两间新搭的草房子里传出的,穿过风尘弥漫的黄沙。

爷爷的农家小院也坐落在村子的最西端,一路之隔便是看似田间的荒草野地。

母亲顶着风沙,第二天中午时分终于站到爷爷的家院门前。令她倍感欣慰的是,大哥的弦声先于入耳,如同迎宾之曲,顿时让她忘却了两天来途中跋涉的疲惫和艰辛。十四岁的大哥显然长高了,即可与母亲比肩。他的模样像极父亲,长方形的脸盘,宽宽的额,淡淡的长眉贴在沟线分明的双眼皮上,直鼻梁,小粒牙齿瓷样洁白和整齐。

不过,大哥辍了学。困顿的乡村办不起中学,他能读完小学就算万幸了。

"妈!"母亲掀帘进屋,她的突如其来让正在练弦的大哥停歇了弦声,好一会儿方羞涩地轻声喊出。这也难怪,自从西安一别,十余年过去,他们母子也仅见过三回面,有所生分就不足为奇了。

爷爷和奶奶也是惊喜的:

"我早起还跟你爹说,这一大早的喜鹊的叫声就叫破了窗户,搅得我们睡不着,该不会有喜事来着?你看,喜鹊叫得多准!"奶奶喜笑颜开。她名义上养了四个闺女,老三还是亲生的,但要么嫁到陕西乡下,要么跟着国民党空军丈夫去了台湾,要么返回原籍,时常能站在她面前喊她声"娘"的现如今也唯有母亲一人了。

隆冬,滴水成冰,风沙依然日夜不停地在天空中滚来滚去。母亲没有像上次来后的那样,每天傍晚当院摆了小桌子,在枣树枝上挂盏小马灯,配着大哥的三弦,为众街坊说唱;而是窝在家里接受着爷爷和奶奶的指点,熟悉着坠子小段。

"爹呀,你和娘没事也哼上几段。我这回来就是想过罢了年,赶着春天到了,咱们一块儿到温县的乡下去说唱,那里人的日子现在好过了,大家伙都有了听说书的心思。"母亲见着有机会就不停地鼓动爷爷。

"我和你娘也都在熟习着哪,不是说一生一世只能去办一件事吗?"爷爷说他和奶奶在劳作之余唯一有心情的就是说唱坠子。不过他又说,奶奶仍常常强烈地咳,喘不过气来,没法坚持。

"咋,温县那边的情势比咱这好?"爷爷又问。

"好多了,地平,旱涝保收。那里人种地肯下功夫,卖力气,庄稼长势好,这两年收成不错,吃穿用也难,但能过得去,所以大人小孩开始喜欢听'说书'了,咱要去听客不用愁。"显然,母亲心里早已准备好了说服爷爷和奶奶的说词。

"那好,我和你娘斟酌斟酌。"爷爷动了心。

"家里房子够住吧?"爷爷突然再问。

"够,三间大上房,两间小厢房。"看爷爷有答应的样子,母亲开了心。

一九六三年,初春。

村南潴龙河面上的浮冰完全化解开来,一汪春水翻滚着细密的波纹,安静地顺着新绿初现的河堤向着南边的黄河流去。覆盖在麦苗儿上的残雪也在悄然融化,鲜明的阳光照射其上,就绿盈满地了。村外的阡陌小道上乡亲们大都脱去笨重的棉衣,换上厚薄相宜的夹袄,或牵牛扶犁,或挑肥荷锄,或播或撒,匆匆地来匆匆地去,搅动起春色。原野焕发出了蓬勃的生机和所蕴含的活力。

爷爷奶奶和大哥,跟在母亲身后,踏着抽丝般的春天走进村里,从沙土地到黄土地。我们这座豫西北不甚起眼的小村落再次热闹起来,

众乡亲你来我往,争着到家里来打招呼,瞧新奇。

"咱村有说书的啦!"村人们奔走相告。

"趁着地里活还不算太忙,乡亲们用不着早起晚归,咱先说唱上几场,给个见面礼吧。"爷爷提醒母亲。

"爹说得可好。我叫式勋去给村干部们讲个话,显得尊重。"母亲想得挺是周到。

"说,快些说,好事么,大家伙都在盼着听新鲜哪!"其实,村干部们也早就听说了这桩子事,没有不赞同的。

是夜,父亲把家里那张八仙桌摆到大门外丁字路口,那儿是处宽阔地。他还从大队借来盏汽灯。

薄暮降临,八仙桌五尺开外的地方,村里村外的乡亲早聚集成片,坐的坐,站的站,无立足之地者或骑墙或爬树,盛况空前。我们全家人把八仙桌前那块席片儿大的地方留给母亲,余者则围桌而坐。我和姐姐还是第一次听母亲说唱坠子。

爷爷坐在面对听众主位。他个子不高,头发已花白、稀疏,宽额之下双眼透出一股乡间人不常有的儒雅。他环顾四周,清了清嗓,提高声音说道:"各位老少爷们、邻里乡亲,开始说唱前,我先介绍一下。我叫赵广田,是咱豫东杞县人……春天这就到了,地里活还不太忙,我们全家借咱们村一块宝地,把流传在豫东的河南坠子书带来,说唱给大伙听听。这坠子书大概不同于说书,说书是只说不唱,坠子书有说有唱,还有三弦伴着。坠子书流传至今,时间不是很长,但传得很快很广,山东、河北、陕西、甘肃、天津、北京都有不少名家在那儿专事说唱。今晚翠婷给大家准备了《红楼梦》里宝玉和黛玉的一段戏,有宝玉探病、黛玉背锹、宝玉哭灵。我给大家说《包公案》全段。翠婷说唱上半场,我说唱下半场,预计要连说唱四个晚上,算是我们这一家送给各乡亲的见面礼,还望您受用。"

爷爷到底闯荡江湖半辈子,这话说得周全有礼,声音未落,掌声和叫好声便爆响了起来,栖息在远处椿树上的一群斑鸠倏忽惊醒,扑棱起翅膀,向着黑夜深处飞去。

母亲凝神息气,举起了檀木板。年方十四岁的大哥,坐在爷爷旁边,上身端直,竖弦张弓,目视着母亲,静听她那双檀木板"啪"的一声脆响……

几近十年,母亲一直无缘登台说唱,今夜一旦登临,八仙桌前这块巴掌大的地方完全成了她展现艺术才华的天地。她的胸怀里憋闷了无以计数的期盼;她的眼睛里早就贮满了无尽的伤感;她的情感里可是按捺了偌多的无助,令她今晚的说唱如同春雷之炸响、飞浪之破堤、阳光之穿越云翳、长风之劲刮漠野,所有的冤怨、思愁、忧伤、悲郁,在她举起檀木板的瞬间全然释放,随之而神采飞扬,气韵鼓荡,声情并茂……

艺术的压抑,有时看来并不一定是件坏事。压抑的过程可能是历练、淬火和涅槃。它日后的再度喷发,正是来自于之前过久的压抑。

母亲的上半场说唱,迎来经久不息的掌声。看到乡亲这么热情,她鞠了三次躬,再抬起头,已两眼挂泪。

爷爷说的下半场。他已经很多年不曾登台说唱,就是在西安他也总是把奶奶和母亲推到前台去。母亲说,爷爷的道理是坠子自从有了女人们的说唱,听客的口味就变了,女人们说得音纯韵和、清雅悠扬,演得细腻传神,尤能激发听客"听和看"的欲望。女人们说唱坠子,天然占优。但现在奶奶的身体已不适宜再登台,不到迫不得已,她不会再现身出场。而这每一场说唱,若通场只有母亲一人,既单调又累人。

"各位乡亲,俺这岁数大了,身上也不舒坦,就不站起来了,大家伙见谅、见谅!"爷爷喝了口水,清了清嗓,刚才尚且亲切自然的目光被收敛了起来,顿时庄重而专注。在大哥弓开弦起的刹那,他手中

母亲的说唱,迎来经久不息的掌声。看到乡亲这么热切,她鞠了三次躬,再抬起头,已两眼挂泪。

的小鼓锤击向那小小的鼓面,随之一声:"啊,今晚给众乡亲说上那么一段《包公案》,且听俺仔细道来。"他这便算开了场。就是这一句开场道白其声的高亢、其韵的宽厚、其调的变化,就引得满场喝彩。爷爷虽已六十有五,却宝刀未老,说唱起来,快而不急,慢而不滞,眼神与手势的配合,所模拟出的马啸、鸟飞、羊鸣,刀与剑的碰撞,甚至河水的奔流,浪花的飞溅、蹄声的远去,无不惟妙惟肖,如梦似幻,好似身临其境……

月儿偏了西,曲终人未散,爷爷和母亲鞠了几次躬,众乡亲才频频回头离开场子。

春夜寂静,甚至能听到麦苗儿拔节的声音。众听客依依不舍离开丁字路口,踏碎了月光,向四面八方散去,田野间亦传来他们爽朗开怀的说笑声。他们开始觉着了坠子的新奇、耐听、好看,仿佛它已经在这儿流传了许久,一点儿都不隔生。如此,我便想坠子书说到底也是把民间之信仰、思想、观念民俗化、故事化了,再反馈传送回老百姓心里去。

这个夜晚他们的心里一定充满了满足感。

这个夜晚还有更加满意的人,那就是大哥。十四岁,他第一次正式登台并为母亲和爷爷配弦,难能可贵的是几无差错,哪怕小的失误,且一气呵成,显示了他良好的基本功和惊人的记忆力、体力。

爷爷说,在坠子史上,十四岁就入了行的并不多。那么,是否可以说大哥他曾经创造过一个奇迹呢?

四个夜晚,四场说唱,令我们村及周边村村民眼界大开,引来一片热议,一片赞叹,这使得爷爷和母亲感受到前所未有的慰藉,似乎很快可以看到坠子书在豫西北这块本来就文化底蕴深厚的土地上红火起来的希望。

这不,紧接着就有村子来"叫场"了,也就是来邀请新的"赵家班"

到他们庄上去说唱。母亲说,这实际上是众乡亲对坠子书的认可。

春天的到来有段时日了,但倒春寒仍频有来袭。赶上这样的天气说唱,若不是这场子的诱人,难说寒风会不会将听客们吹回到热被窝里去。人们依然在田间忙碌,伺候着拔节儿长的麦苗。但每到夜晚他们似乎又有所期盼,那就是听上一场酣畅淋漓的坠子。渐渐地他们约定俗成:逐村邀请,每次必须把一段故事完整说唱完毕,方可转场到另外一座村子。这样,每到傍晚爷爷他们仨便先吃了饭,然后踩着晚霞或初月,速速向三里、五里或七里、八里外的村庄走去。他们甚至要走到十里或十五里、二十里之外的村子去,如此就得住在那座村的农户家里,吃着村子里安排的派饭。

春去夏至,秋往冬来,眨着眼一九六三年的冬天就又到了跟前儿,先是雨后是霜再是雪。不过半年多时间,除却夏收夏种、秋收秋种前后一个月不到,爷爷他们总是应接不暇,开始是一个星期不得回家,后来几乎整月回不得家,在我们那块方圆数十里周遭,掀起争相邀请的坠子热。尤其冬天这样的季节,田间除了小麦冬灌基本没别的活计,即便白日里有手艺的农家,做豆腐,下粉条,榨油,夜晚降临也都要收场。乡亲们管这个季节叫"歇冬",而对于从事"说书"者们来说,这个时候则是"冬天里的春天"。于是,无形中众"说书"者亦不免迎来一场看不见的竞争。

"你是说坠子书赵老先生的女婿吧?"一天中午,父亲正在屋里收拾几件掉了耳拌的旧木箱,一位中年男人拉开我家风门,站在门槛外问道。

父亲停下手,打量着来人:"是呀,这位兄弟,咋着了?"

那来人小四十岁,粗布黑棉袄、棉裤、棉鞋,腰间被一条蓝格子旧围巾束着,头上歪着带耳巴的蓝棉帽,宛如"侠客",说话的架势也显出些灵光。

"好汉不做暗事，俺是咱城东说书人'三不照'的大儿，俺爹叫俺登门禀告一声，今后'赵家班'的坠子书就不要到城东那边去说唱了，要不大家的日子都不好过。"那"侠客"快人快语。

"哦？他们这两天该回来歇息几天了，我会转告一声。"父亲见没啥急事，就又说：

"进屋喝口水吧！"

"不了，不了，俺得赶紧回，路还远着哩。"那人关上风门，匆促而去。

"咋着，要砸场子？"奶奶正在朝南的抱廊晒太阳，大着声问。

"不至于，回来我跟爹说一声，看咋着个办。"父亲懂得乡里乡亲间的性情。

而其实，闯荡江湖几十年的爷爷早已料到会有这一天。原本，梁麦季、杨坷垃、"三不照"他们三位当地说书名家，正好占据我们县东、中、西各一方，互不干扰，相安无事了数十年，如今，母亲和爷爷引坠子书进来，并且深受众乡亲所爱，这种历史形成的平衡一旦被打破，尽管爷爷和母亲并无争名夺利之心，但毕竟令他人利益有所损失，受到挤兑自然而然。尤其，名气最为响亮的"三不照"，当最难容得下。

"就这点蝇头小利，值得吗？"爷爷回到家，听了父亲的转述不禁感叹道。

爷爷和母亲每说唱一场坠子，刨开吃住，大概可赚得三块钱，这是提前讲妥了价的。假若村里拿不出钱，就用相对应价格的玉米或小麦来顶，梁麦季、杨坷垃和"三不照"他们也都如此。

"爹，那咱就在咱县西这地块说唱算了，'三不照'这人看来不咋地道。"母亲担心一旦在自家门口被人砸了场子，那可丢大人了。

"那不成，这样的话梁麦季、杨坷垃咋看咱？他俩再找上门来挤对咱，咋办？"论岁数他俩同爷爷相当，论说书好不好听、耐不耐看，爷爷自信不比他俩差，而论闯荡江湖爷爷知道他俩仨土生土长，所见

世面就要小去许多。

"怕啥,江湖自有江湖的规矩,赶明儿叫老大陪上我,我登他'三不照'家门,亲自会会他。"爷爷似乎成竹在胸,把头上的老羊皮帽一甩:

"安生睡觉,我不信强龙压不住地头蛇!"

清晨,太阳又在东边天际那处老地方,扒着红云张望了好一阵子,方纵身一跃,跳上了云头。弱弱的光线宛若抽出的蚕丝,穿过薄岚轻雾,一层暖色就铺在了无际的麦田。

这应该又是天气不错的一天。

大哥一直跟在爷爷身后。

"清暄先生呀?久仰久仰!"晌午时分,爷爷和大哥边走边打听,费了九牛二虎之力,寻到了"三不照"的家门。

"三不照"姓章名清暄,因身有残疾,头、身、脚都不在上下中心线上,就干脆起了个诙谐的艺名"三不照"。当然,这个艺名是先从老乡那里叫起来的。

"哦,是呀!敢问你是——?""三不照"从椅子上欠起身,问道。他果然站起身歪歪扭扭,用探寻的目光打量着爷爷和大哥。

"我是新来到这块风水宝地说唱坠子书的赵广田。"

"噢,知道了,请坐、请坐!我听到了传言,你说唱得不错。"

"哪里、哪里,您的大名俺一到这儿就听闻了,如雷贯耳啊!这不,今儿就是来拜您这码头的。"爷爷拉着大哥一起坐到靠门的板凳上。

"不敢、不敢。请问今儿来有何贵干?"

"没啥贵干,先生您让人捎的话我听到了。我想啊,说书是咱们的生计,也是为众乡亲添些乐儿;前人留下来这好东西咱也得传下去不是?您看这样好不好,您就在您村设一处场子,咱俩各说一段,完了,您问众听客今后是只听您的河洛大鼓书,还是只听我赵广田的河南坠子书,还是咱俩的书都爱听?假如,众乡亲说只听您的河洛大鼓,我赵广田从此不再踏咱县城东界半步,若说咱俩说的书乡亲都爱听,那就从今后你说你的,我说我的,让乡亲多听些不一样的段子不更好些?"爷爷不急不躁,不温不火,拉家常似的竹筒倒豆子,一句不漏地说给"三不照"听。

"三不照"这屋子坐南向北,尽管响午时分,光线还是显出昏暗。爷爷说完,屋子里暂且安静下来,甚至有些沉闷。"三不照"眯着眼,一声不言;麻秆儿瘦的双手,从袖筒里耸出,搓搓揉揉。俄尔,他睁开不甚清澈的眼,乌紫的嘴唇抽搐了一下:

"我看赵先生说得在理,就按您所言,三天之内咱就在俺章关村大十字街口各说上一场。那儿地方够大,千把人都站得,一应桌椅板凳开水我来备,您只带人和家伙来就成。咱也没啥规矩各说上两个时辰就打住,您看如何?""三不照"亦不愧行走江湖数十载,不开口便罢,只要张了嘴那也是一派当家人架势。

"悉听尊便,悉听尊便。"爷爷赶忙说,就要起身告辞。

"前些日子我身上不得劲,二十多天没摆场,他们都等急了。"临出门,"三不照"好像有意又加上这么一句。

黄昏时,爷爷和大哥赶回到家。

第三天黄昏,爷爷、奶奶、母亲和大哥早早赶到章关村。破天荒,他们在经过县城时花钱吃了顿晚饭。

章关,其实是座镇,住着三千多人。

十字街口,其实正是章关及其周边村庄人们每天围拢来赶集的地方。

"三不照"到底有选择日子的能耐,这个夜晚的天宇被北来的干燥的风吹去了浮云,变得幽深而纯净,月亮晶晶莹莹,羞怯怯,娇滴滴,轻盈盈地走到了天上去。

十字街口早已挤满了人,比平时赶集时来的人更多。两盏气灯发

出炽白的光；两张八仙桌拼在一起，几条长凳围着它。这是爷爷、奶奶、母亲从未经历过的大场子，母亲不免有些心里发怵：地头是人家的，听客是人家的，"三不照"还做着地主，从这阵势上看他的说艺也不会太差。

"今晚不用你俩上场，帮我撑着场子就行。在他们地头，'三不照'人气当然旺，但若说起书来他一个人就显得人单势薄了。"爷爷拉过大哥嘱咐他把弦拉稳些。又低着声对奶奶和母亲说。

"你爹这是'当场不让步，举手不留情'，对付霸道人就得这样。"奶奶作为女流之辈，能脱口而出，那也是趟过了偌多的江湖水的。

而母亲，则从贴身内衣兜袋里悄悄掏出那根红绳子，捂在手里闭上眼睛呢呢喃喃……

"你这队伍壮啊！""三不照"看着坐在另一张桌旁的奶奶、母亲和大哥，打趣道。

"她们母女可以说出些垫场段子？"

"先不用了，还是咱俩先各来上一场吧。""三不照"大概担心奶奶和母亲这里先开了口，会抢了他的人气，是不会答应的。而其实爷爷在心里也是不想让奶奶和母亲先他一步出场的，他知道奶奶一旦出场必先抢了他的风头，对"三不照"这样说，他只不过是一种心理战术而已。

"那好，就请章先生先来吧。"爷爷坐回到八仙桌旁。

"啊，各乡里乡亲、老少爷们，大家都来了啊！今晚大家伙有耳福了，咱豫东来的'赵班主'要给大家说唱一段坠子书。这坠子书我也没听过，不知道比我这河洛鼓书强还是不强？最后还得听咱大家的评判。若大家觉得还不赖，喜欢听，今后'赵班主'就常来说唱一番；若是大家说听不懂，不咋的，那'赵班主'就只好回豫东老家去了。当然，还回你县西那一带串乡也成，哪儿的老乡愿听，咱井水也用不着犯河水了。""三不照"屁股不离凳,把头抬得高高的,还没开始说书,这就口沫横飞。

"好呀、好呀!我们当然喜欢听章爷的书。"台下众人情绪亢奋,纷纷呼应。

"那我就当仁不让,先开说了。今晚说的还是《靠山黄》,大家百听不厌啊。"

激越的掌声从人群里传出。

只一瞬间,场子寂静下来,除却两盏气灯发出的嘶嘶声。

一面皮鼓架在八仙桌面,"三不照"右手持鼓槌,左手放在类似惊堂木的方木块上;头微抬,目轻合;脸上一派肃穆,像是在把悠远的记忆给拽回来……

那面皮鼓被他重敲了一下,訇然而起的声响,仿佛敲击到了人心,陡地为之一颤。而那随即拍下的木头与木头的相撞,其清脆之音刺破了夜空,回响在夜色深处。

"三不照"终于开启了口,地道的豫北腔。

他那双对光线已不怎么敏感的眼睛,几乎没有再睁开过,上身端直,以头的转、点、扬、甩,表现着人物个性。尤其,他右手的鼓槌、左手的方木,变戏法似的或轻叩或重敲,或密而急或舒而缓,或顿或点,或搓或划,配合着说书内容的凝重、轻快、哀怨、喜悦、高亢、低沉,融说、击、打、拟声、模仿于一体,营造出完全符合故事情节的现场情景。河洛鼓书的魅力被"三不照"演绎得完美无缺。

"章爷,说得好!"台下的喝彩叫好几乎没有间断,人们的情感完全投入到他的书声鼓韵里。

突然,鼓声、叩击声和"三不照"的说书声没有任何先兆停顿下来,人们原以为他改动了情节,在静静地扎身等待,可是,几乎一袋烟工夫,他始终低着头鼓槌停歇在鼓面,还是没能再发出声来。

"咋啦？咋啦？"人群中出现悸动，感觉不对劲儿。

"我……我得出去一下。""三不照"举起鼓槌，示意大家不必惊慌。

……

"让大家久等了。这一段大家也知道，我身上不得劲，刚才不得已上了趟茅房。我看我今晚就先说到这了，天意难违！下面，咱就听赵先生的坠子书吧。"过了会儿，"三不照"回到场子里来，不无遗憾地说。不过，底气依然十足。

"三不照"话音未落，台下掌声四起，未知为他而鼓还是为爷爷的即将登场而鼓。

爷爷也跟着鼓起掌来：

"各位乡亲，余话就不多说了，大家伙就安心听俺说唱坠子书吧。"

母亲说，爷爷这个晚上说唱的曲目叫《困龙传》，他的保留节目。这个段子曲调、声腔、说唱变化多端，急与舒，快与慢，长句与短词，替换交错频频；无拘说或唱，高则高到顶、低则低至谷，嗓音得厚重、宽广；说与唱之间的转换讲究稳、平、快；而这就与三弦之间的配合带来难度，爷爷在自顾说唱的时候，还得分散些许精力，听真切了大哥的弦声，他们之间若有丝毫脱节，便会破坏掉整个段子的节奏，失去其韵律之美。反之，当这些都能天衣无缝地有机融合到一起，那么，这段子的魅力则如春雨般缓慢渗入到众听客的情感之中，像喝一杯新茶或老酒，完全不似感官刺激所产生的亢奋，而是由品而入味，入心，入戏……

月儿不觉就偏西好远了，但它的清辉却纯之又纯。点燃气灯的煤油早已用尽，它熄灭了，整个场子完全笼罩在了月的光照之中。见"三不照"使用了鼓，爷爷临时改变主意，弃鼓而用起了母亲的檀木板，只把鼓槌握于右手，说唱之中画龙点睛般地那么偶尔敲上一下。檀木板清脆激越，三弦的长长坠音，快慢相间地说，悠扬舒朗地唱，鼓槌恰到好处地点，如此融合而成，与"三不照"的鼓书相较足足多出两三个层次。于是，千多人的场子并未传出哪怕侧耳方可倾听到的嘈杂之声，有的甚至闭上了眼，随着爷爷手中檀木板的叩击节奏而摇头晃脑或跺脚点足，陶醉在起伏跌宕的坠子书中……

爷爷的说唱不知不觉，在一片寂静中结束。许久，围着两张八仙桌的千多听客似乎还未从三弦的余音中回过神来，场子依然在寂静着。

"哗……"宛似一阵风吹响了枝繁叶茂的杨树枝，那"哗"声由远及近，由弱而强，由缓至疾。

乡村百姓其实最不善于鼓掌，然而，他们一旦鼓起掌来就经久不息。当然，他们的掌声一定伴着情不自禁地呼喊声。

已经坐到凳子上的爷爷不得不再次走到桌前，向还在鼓掌、叫好的众听客又一次弯下深深的腰。

"爹，我和娘要不也来上一段？再加上把火，看这位章先生还敢不敢小看咱。"母亲想锦上添花，贴在爷爷耳畔轻着声说。爷爷笑而未答。

"赵先生啊，开场前咱说的那个事，我看就不再提了。您随意在咱温县的地界上说唱，都不会有人去难为您的。""三不照"歪歪扭扭站起身，拉住爷爷的手一脸诚恳地说。

爷爷张大眼，直视着"三不照"，愣怔了片刻："先生不愧为咱温县地界上的说书名人，那我赵广田就领情了。"爷爷拱手抱拳，对"三不照"的深明大义充满钦敬。

"我原本也不想难为老弟你，过去在咱这儿说书的有不少人借着这个场子，搞算卦、破财消灾迷信那一套，坑蒙拐骗钱财。我不知道你底细不得不为之啊。""三不照"道出了要和爷爷设台比擂的缘由。

"老哥你放心，江湖上的事无奇不有，咱可不是那样的人。"这时，爷爷倒有点儿佩服"三不照"，开始同他称兄道弟了。

"要不，让俺妮、俺家里人她俩再对说上一段，助助兴？"爷爷见

"三不照"兴致正高,那千多的听客或坐或站在那儿还不愿走,觉得母亲刚才的提议正好用得上。

"好啊,好酒一醉方休;好书,咱也听得它尽了兴不是?"

母亲说,她这个晚上与奶奶共同说唱了《西厢记》其中的一段。在我们那一带自古至今,尚未有女人登台说书这样的事,这令这千多人倍感新鲜。而当扮着老夫人的奶奶和扮着红娘的母亲你来我往朱唇轻启,未待说词道出口来,那千多人便发出了满场的呼喊。

母亲一往情深向我描述那个夜晚的情形,这让我想起一位艺术家讲述的一句话:其实,有高度的艺术,不一定用高深的形式去演绎,老百姓所喜闻乐见的是"贴近",生活的贴近,感情的贴近,甚而小农意识的贴近。母亲也说,这个夜晚最叫她震撼和难忘的,是"三不照"让她看到了他骨子里的真实;众听客激情喷发,让她真切体悟到老百姓并不愚笨,艺术力量在他们身上的转化最为彻底和完美。她尤其坚信坠子的春天将从眼前的这个冬天开始。

回到家里,月亮早像一张黄饼贴在了西边天际。鸡窝里的那只红冠大公鸡,扯着嗓子开始了第一遍的长鸣。夜深深到了三更。

第十天　我会说，母亲坠子情未了

在县城以东这块土地上，爷爷和母亲的坠子书，一炮而红。

而这中间，其实，大哥亦功不可没。别看他年龄尚小，但在如此大阵仗面前却守得住方寸，阵脚不乱，心沉手稳。爷爷说他大器早成，可堪当大任。

隆冬来临，风雪交加，坦荡如砥的原野上要么白雪茫茫，要么朔风呼号。天寒地冻，即便在大白天，人也只好猫在家里。但寒冷却无法阻挡人们晚上出来听说书的热情，梁麦季、杨坷垃的京韵鼓书、"三不照"的河洛鼓书、爷爷和母亲的坠子书，轮番上场，好戏连台，冰冷的冬天则被这股说书热搅得暖意融融。

听着一台台说书，一九六五年的春天就悄悄来到了跟前。

这个春天送给我的礼物是：我开始有了清晰的记忆！

我清楚地记得，这年的六月，母亲生下了妹妹，到了十月妹妹满百日，但尚未断奶，就被留下家里由奶奶照看，母亲和爷爷重又游走于方圆数十里的村村落落，说唱坠子书去了。我更清楚地记得，父亲说我已长够了记性，家里有二哥、姐、我、我妹，小人口太多，他着实照顾不过来，乡间孩子吃百家饭，穿百家衣，我也可以跟着母亲一起去漂泊了。我还清楚地记得母亲说唱坠子时的风采，众听客着迷于她的狂热和我那次"寄干娘"的温情细节。

于是，就有了若干年后我写下的《跟随母亲漂泊》和《干娘》两篇文字：

我记事的时候，我家已从西安古城迁至乡下。那是二十世纪六十年代初，三年自然灾害使国计民生顿陷困境，于是政府鼓励城镇居民迁返农村。母亲和父亲是自愿回河南乡下的，不过母亲并未务农，仍从事她所热爱的河南坠子说唱艺术。故乡方圆数十里，数十座村落，几乎村村母亲都曾涉足。在乡间演唱，虽说不比城里，但由于母亲艺技不凡，过去常常受邀到电台录音，还安排出国慰问志愿军，行踪不时见诸报端，她所拥有的听（观）者却是更众，受到的款待并不亚于现在的种种"明星"。

那时我五岁，不到上学年龄，父亲忙庄稼活，我在家反倒要拖累他，唯有跟着母亲游走四方了。母亲一行人在故乡的土地上漫游，无须差人着意逐村联络，往往这村没演完，邻村就搭好了台，派妥了食宿，反复地催促了。有的村，干脆拉来了板车，看完节目，鼓停弦歇，母亲尚在卸妆，几位壮实小伙就忍不住急急跳上台，不由分说，将一应演出用具搬上车就要拉走。这时，口角的事常会发生，双方据理力争，互不妥协，母亲不便劝谁阻谁，争执不下时，她会轻抿鬓发，就地捡起一根细树枝，折成长短两截，一手一握之，背在身后，不慌不忙说，猜阄吧，伤着和气就不好再说唱了。

幸运的一方喜不自胜，学说着母亲刚才节目里的道白或唱段，踩着亮晃晃的月光，心满意足走回村去。第二天，白天无事，母亲除了晨起练嗓、甩板、默唱台词，就是给我讲故事。母亲出身贫寒，并不识字，台词是靠别人念她一句句背会的，所以，母亲教不了我识字，只好把说唱段子里岳母刺字、孟母断织的故事抽出来，专门讲给我听，语重而心长，我未能识字便先知晓了些为人的道理。

母亲生下妹妹,尚未断奶,就把妹妹留在家里由奶奶照看,母亲和爷爷重又游走于方圆数十里的村村落落,说唱坠子书去了。

而到了傍晚,你看吧,邻村的打麦场上,或村中那块较大的空地,必气灯高悬,人声鼎沸。待母亲手持一双檀木板,秀发垂肩,面施薄粉,轻描修眉,淡涂唇红,着一缀满金屑紧身米黄丝绒旗袍,款款走上台来时,目含浅笑,弯身鞠躬,然后挥动右臂,寂静的夜空中"啪"的声脆响,又一声悠长道白,夺魂掠魄,听众便自会陶醉在古老的《说岳全传》或《孟姜女哭长城》等等情节中。而这时,我就坐在台角离母亲不远的凳上,看观众,也看母亲,痴迷地编织着童年烂漫的思绪。

母亲的说唱,伴奏简单,一把三弦,再就是她手中那对暗红色的檀木板了。当时,乡间无一村有扩音设备,而母亲仅凭她自幼练就的金嗓子,面对台下千双耳目,音高不嚎,低唱不咽,说则字正腔圆,惟妙惟肖;唱则声情俱有,跌宕起伏。高昂时,台下掌声迭起,阵阵叫好;悲壮时,母亲先自目含泪,声呜咽,台下无拘老少,女皆掩面轻泣,男者或紧攥其拳,或牙咬目张,其架其势,非欲恶斗一场而不能解恨。我的眼眶里亦是盈盈热泪,心灵幼小却盛满了同情和悲愤。

尤其是母亲手中的那双条状檀木板,长不及尺,寸把见方,通身暗红,油光鉴人。两板相击,声可脆、可钝;可轻、可重;可长、可短。且声高可传数里,近不震耳;声轻却清晰,远不觉模糊,端端的一双宝物呢。母亲右手五指操纵着这两块板子,随情节忽而疾如快马奔驰,四面生风,缓则一顿一叩,铿锵有力。间或,母亲干脆停止了说唱,用纤纤细指拨动着这双乌红的木板,声似清泉击石,铮铮从指间流泻而出,空灵飘逸,出神入化。这时,母亲和观众的目光就都凝视在她拍击的板子上,侧耳倾听,仿佛他们此时所有的心绪,都被融化在檀木板发出的声响里,随风而飘忽、远去……

我就是这样，跟随母亲游走四邻八乡，前后三四个年头，接受着民族传统的熏陶和母亲的悉心调教。檀木板敲响的岁月，构成我童年的欢乐，母亲所讲述的故事启蒙我童年的心智。一九六八年初，我们生活的这块土地上形势骤变，母亲是不能登台说唱了，而我也到了该上学的年龄。此后，有很长一段时间，我坐在无课本的课桌前，耳畔回响的却是檀木板的拍击声。我就幻想何时再能跟随母亲去漂泊，放飞我尚且充满童稚的心灵，亦去做布施人间温暖和快乐的使者……

人生的幸福，莫过于获得深沉而无价的母爱；莫过于获得数倍于常人深沉而无价的母爱。

那一年我六岁。

冬天临近的时候，地里的活计轻闲下来，村民们可以有些时间去做些别的事情。于是，由爷爷、大哥和母亲三人凑成的小小河南坠子说唱班，我们当地土语叫"说书"，便开始在故乡数十里方圆的乡坊间游走，为忙完了夏秋两季的农人们说古书，平添些谈资笑料。母亲念我年小又在家无事可做，便带我也在身边，一则陪她做伴，一则接受土族文化的熏陶和濡染，增长些见识。他们三人爷爷坐镇压场，偶尔也敲扁鼓、打手板说唱一二段子，大哥拉三弦，母亲则专事说唱。作为主角，母亲说唱的内容多是些流传于坊间的演义、野史之类，如《三国》《秦始皇》《孟姜女哭长城》等等。由于一部"书"要连着说上好几个夜晚，所以，我们只有吃住在那座村子里，于是，我便相认了我的第一位干娘。

干娘家所住的这处村子离我们那近三十里，位于黄河北岸，村南长长的大堤下，不远处便有浑浊的黄河水翻卷着泥沙缓缓流过。在河岸边不甚宽阔的滩涂地上多种以花生、高粱、绿豆和棉花等耐旱作物。当然，这些作物的经济价值不足为赞，但对于经常发大水、塌堤、地陷的黄河来说，即是被河水彻底干净地冲了去，倒不必怎么心疼。这天，我正和村庄里新结识的伙伴们于被"割了头"的高粱地里捉迷藏，母亲匆匆越过河堤边走边喊，寻找到我喘着粗气急急地说：

"快回村，去认干娘。"

我相认的干娘，就是我和母亲所住的这一家。其实，这几天我已和他们相处得很是稔熟，叫叔叫姨，嘴甜着呢。前些时，我曾听到母亲和即将被我认作"干娘"的张姨隐隐约约在商量着什么，今天听母亲这么说倒是不觉得意外。

并没有举行仪式。我回来的时候，只见即将被认作"干爹"的王叔，正向堂屋中间的桌上端菜，鸡、鱼、白菜炖肉，一只搪瓷碗、一双筷子，递给我，说：

"你也算咱家一口人了，今个儿起。"

"快叫啊，叫干娘、干爹！"母亲露出快慰的笑，招呼着我。

"……"我嗫嚅了半天，羞涩无语，终是没叫出口。

饭后，我悄悄问母亲，为什么光送吃的、穿的，怎么不送玩具？我那时贪玩，却是没买过玩具，看到邻家同伴拍的小皮球，曾羡慕得不得了，而那皮球只不过几毛钱。

"送吃穿用的，是家里新添了人口的意思。"母亲说。

"干娘家都那么多人了，为啥还要我啊？"寄干娘，我还并不知道是什么意思，而干娘已有两个男孩，两个女孩，岁数都比我大。

"这个事，你年纪小，说了也不一定清楚，再长大些就自然明白了。"母亲似乎不愿多说。

此后，大概路途相距太过遥远的缘故，除却过年母亲带我去

走一回亲戚，干娘照例会送上一套新衣，平时，尤其上学读书后我很少再到干娘家去。干娘更是没有到我们家来过，但干娘所给予我的爱，却依然如故。

我开始读小学，有一年春节母亲到百里外的开封探望奶奶去了，在县城上班的二哥顺路把我送到干娘家，说是多玩几天。或是黄河岸边的寒风过于萧瑟了些，抑或是我一时难以适应略带碱涩味的井水，总之开始上吐下泻，并伴发高烧。这下可急坏了干娘全家，干爹骑着辆破自行车，沿着北风呼号的黄河故道，四处奔突问医求药，干娘则日夜守候在床头喂水、喂饭，新买了两块毛巾，轮换着搭在我额头上冷敷……

干娘确是把我当作了儿子对待。

到我读初中，去干娘家的次数就更屈指可数了，一则学业繁忙起来，一则年纪大了便要帮父母干些庄稼地里的活，即便在寒暑假也没了昔时的闲暇。快乐的童年时光一去不复返，时光无情，然而，干娘在我们每次过年难得的见面时，都会为我捧出一套新衣。这成为必不可少，仿佛是显示我们母与子亲情的唯一维系了。

待我真正地懂事，才知道寄干娘是我们那块地方的民俗，说是在孩子年岁小的时候，找一户德美善行的人家认作干亲戚，会带来以后幸福的日子。

感谢母亲，感谢干娘，有这些美好而清晰的记忆一直伴随，我幸福并快乐着！

然而，不知为何大凡舒心或能够有些作为的日子，似乎都过得不长。也不过三年多些，到一九六七年下半年，随着那场运动发动到了农村，母亲的说唱似乎越发显得不合时宜。我清晰的记忆里开始充满狂热、狂躁，甚至狂暴。其实，这个时候也没有什么人到家里来劝阻或制止母亲的坠子书不要再说唱下去了，但运动的情势告诉爷爷和母亲，说唱必须停止：这些过去成就的坠子书，其中难免有"牛鬼蛇神""帝王将相"之类说唱词句所掺杂，这正是这次运动所"革命"的内容之一。不约而同，"三不照"、梁麦季、杨坷垃也都悄悄相继撤了场。

这块土地上曾经热闹非凡，此起彼伏的鼓声、弦声、说唱声，被一浪高过一浪的口号声、诉苦声、批判声所取代。

一种文化吞噬了另一种文化。

"那我们就该走了，要种地得回杞县去。"这段时间爷爷整日闷在家里，到了年底眼看运动远没有到头的可能，就想带着奶奶和大哥返回杞县。

傍晚时分，父亲将如豆的麻油灯换成稍亮些的煤油灯。满桌的饭菜热气尽散，筷子冷冷地摆在那里。

"坠子的气数看样子这回真的要尽了。"母亲揽过两岁多的妹妹说。这一段她得了厌食症似的，饭量减了不少。

"三十年河东，三十年河西，咱们这一辈人可能没得坠子说唱，但不等于坠子书永久不会再被说唱，这不，它都被说唱了百多年！赶紧吃饭，早睡早起，别误了明晨的车。"奶奶倒看得开。

筷子声零零落落响起，屋子里仍不免沉闷。

这顿为爷爷、奶奶和大哥送行的晚饭，全家人大概都没吃出应有的味道。

我看到，整个冬天母亲的脸上从未有过笑意的绽放，她那长而弯而稍嫌些粗、不画自黑的眉毛，难见舒展。几乎每天早饭后，她还是搬过那张小凳子到屋外南抱廊下，晒着太阳，将妹妹揽于怀中，轻轻哼唱她心里难以割舍的坠子。她似乎敏锐地感觉到爷爷、奶奶和大哥这回的离去，今后大概再也不会有他们父女、母女、母子同台说唱坠子的可能了。那种伤感、悲凉、无奈，甚至绝望，便自心头升起，唱

词变得含混不清，腔调走了样，泪水就顺着眼角和鼻翼扑簌簌落下……

母亲终是哭出声来。

这个冬天母亲过得格外地苦涩和郁闷。

即便如此，时光的脚步依然稳健走来，走去。

一九六八年早春，天际如洗，长长的人字形雁阵，一拨一拨地鸣叫着从南向北飞。麦苗儿茁壮的田野里，绰约的人影多起来。同时，地头上随风飘舞的红旗也多起来，装红宝书的红背袋更是多起来。即便街道两边的土墙上，也刷上了偌多的红色标语。

红色时代迎来了红色世界。

自留地被收归公有。只需钟声敲响，到地里干活便是集体去、集体回。包括劳动中间的歇息，人们会围在老柿子树下自觉地从红背袋里抽出那本红色的、小小的"宝书"，识字者自读，不识字者听会计读，俨然田间课堂。

"翠婷，好久没听你的坠子书了，咋样，给咱们来一段？"这天，大家读完一阵子"语录"，向来热情奔放、性格开朗的张奶奶大着胆儿朝母亲喊。自打开春以来，尚未上学的我在家带妹妹、父亲、母亲和姐姐参加集体劳动。现在凭工分吃饭，又没有了母亲说唱坠子书的收入，假如仅凭父亲一个人的劳动那年年我们家都得成"缺粮"户。

"这？"母亲不知该怎么回答，把目光投向生产队长。

"中、中、中。"先是几位妇女开头起哄，接着那些壮硕的男人们也跟着咋呼。

"我看也中。翠婷你就拣些'好'的说。"队长大概觉得由母亲来说唱一段坠子，该不会是件事，倒想随了众人的意。他所说的"好"是提醒母亲挑些与"牛鬼蛇神""帝王将相"无关的段子。

母亲脸上先披上了淡淡的红，再转了过去，眺望着远方。片刻之后，她环顾众人，清了清嗓，就站在老柿子树露出地面那粗壮的根节上，轻轻开了口……

田野是空旷的，这会儿却装满了母亲的坠子声。它传得很远，能清晰听到在远处回荡。回荡回来的还有那一双双粗糙的手拍出的掌声。

这天放工母亲是哼着曲儿踏进家门的。

"式勋，你过去也曾写过段子，啥时你再写些新段子，给大伙说唱新段子多好！"吃晚饭，母亲挑起这个话头。父亲年少时读过几年私塾，认得些字，也写得一手好毛笔字。我们家在兰州那几年，受社会主义大建设感染，父亲就曾编写过一些反映新人新事的段子，经过文联那些专家们的修改和润色，供母亲说唱。

"现在，哪还有这心思。"

"你对'运动'是啥态度？"

"不是有样板戏吗？"母亲这会儿喜欢上了京剧电影，哪个村放她一般都会去看。

"样板戏是京剧，大家不是太喜欢那韵调儿。"

"见闲了，我琢磨琢磨。"父亲只好答应。

从这天起每当劳动之歇息间隙，只要母亲在场，她总会清口说唱上一段坠子，给枯燥、繁重的劳作增添些许轻松和活跃。

"妈，您咋恁喜欢看戏，不看，就不中？"这年秋天我上了小学，母亲有时去看样板戏拍成的电影，也会带上我。有一天在去看电影的路上，我突然问母亲。

"就像妈喜欢说唱坠子书一样，有人唱就得有人听、有人看才对。不过了，这看不能光是看热闹。"母亲说。

我还是边走边歪着头显得那么执着地看着她。她大概感到我仍是弄不清楚她的话，就又说：

"戏文样式不同，给人的感受就不一样，听啥内容的戏文，就受啥样的教育。现在没别的戏可看，就只有看京剧了。"母亲想尽量说清楚些，

我却还是直摇头,似懂非懂。当然,成年之后我终是明白了,尤其自己喜欢写文章搞创作,就知道了文化、文艺、文学,其实都是民族或者社会传承其精神的承载体,中间不可断裂,我们对此也不能有所麻木,否则,文化危机就可能离之不远了。

父亲终是没能琢磨出什么新的段子来。

更可惜的是,到了这年年底,母亲心里所残存的那丁点儿的希望竟丧失殆尽!

母亲先后收到一封电报和一封来信:爷爷走了,大哥也走了。爷爷去了他大概也曾恐惧过的天国,大哥去了他向往已久的军营。大哥走在爷爷前面,他正在前往军营途中,爷爷突然撒手人世。

似乎有好几个冬天,都是母亲特别难以迈过的"坎"。

两年前,爷爷、奶奶和大哥返回杞县的时候,我们就劝过母亲,这辈子就不要再牵挂那坠子书了。母亲当时怒目而视:"人心里没个念想,那活着还有啥意思?我这命,就为坠子而生而活!"无论生活多么艰辛,我们兄弟姊妹带给她多少的苦和累,她还从未对我们发过火,生过气。

若干年后,我曾为当初不能理解母亲而深感愧疚和自责,但为时已晚,因为环境和她身上的病痛真的不允许她再登台说唱了。

母亲只身再往杞县。爷爷曾经的四个女儿,唯母亲前来奔丧。

这个冬天漫长而又寒彻,但运动是越来越红火。

从杞县回来,母亲的目光变得更加凄怆和抑郁,终日难得说上几句话,默默做着家务,即便同大家一块儿参加些室内的劳动,例如做粉条、焙地黄,也不再有人提议让她说唱上一段坠子。

当然,敲鼓打锣的日子也有,迎接"最新指示",县里组织的文艺轻骑演出队下乡;甚至,放映《新闻简报》或者一次重要会议的纪录片,必须锣鼓喧天,鞭炮齐鸣,迎来送往。

但在这一切看似热烈和充满激情的场面之前,母亲的脸色始终阴郁凝重。尽管,这样的变故她并不是第一次经历,但这一次的境遇却极有可能使她终生与坠子书再无前缘可续。而每回若实在无法忍受被迫放弃它的痛苦,母亲还是只有搬过那条短腿板凳,去到屋南抱廊,一边晒着阳光,一边哼上那么一段,小心翼翼地。

年代是火红的。激情之下其实每个人又都背负着沉重的包袱。最大的压力是村里也开始闹起派性,每个人必须表态,选边站队。而我们家的境遇与之前相比,雪上加霜,更加艰难。

父亲被欲夺取村革委会大权的造反派叫去了大队部,造反派头目责令他必须在三天之内,把他怎样去当的国民党兵,都干了些什么、有没有人命案,写成交代材料交给他们。假如写不出来或者写不清楚,或者不老实写,他们就要拉他出去召开批斗他的大会。

我们全家顿时陷入风雨飘摇之中。

不过,父亲这会儿的骨头够硬,他在家沉默了一天多,然后走回大队部,理直气壮地告诉造反派头头:"我爹被日本鬼子刺死了,为了保全咱村老百姓。我寻找的是抗日的队伍,我这是去抗日报仇!"

这个事来龙去脉我们清楚,他当年确实是去寻找队伍抗日报仇去了。造反派里有几位上了岁数的老人,是爷爷只身枪打日本鬼子而倒于血泊的证人,站出来说了公道话。

"那你后来跟着国民党军打咱共产党解放军,咋个说?"造反派不依不饶。

"那会儿咱是小小侍卫,哪懂得那么多?要是这样的话,我倒要问问了,你那会儿为何不参加解放军打国民党军去?现时,村革委会主任、副主任都是党员,共产党掌着村里的权,你组织造反派起来反对他们,又咋个说法?"

"这……你?"父亲的反问令这个造反派头头哑口无言。其实,大

家都是一个村的谁不知道谁的底细。

造反派最终也没能把父亲怎么样,只是在他们组织的群众大会上,隔着空喊了几声要打倒他的口号。

似乎看起来是一番虚惊,却令母亲警觉到,我们家不能再有任何闪失否则祸端随时可能降临。这些天,母亲时不时就把那根红绳子从贴身内衣的兜袋里掏出来,捂在手中默默呢喃上一会儿。

这年年初,县里新建了一座化肥厂,二哥有幸被村里选去当临时工,参加土建。对我们家来说,这尤为不易,所以母亲一直在担心,千万不能因为父亲的事或者其他节外生枝的事,而让二哥这求人都求不来的工作失去了。

母亲不再拎过那只短腿矮凳,到屋南抱廊去独自哼唱坠子了,哪怕小心翼翼。

时光进入到七十年代。母亲依然没再拎过那只短腿矮凳,到屋南抱廊去独自哼唱坠子。

来临了一个秋天。秋天落下了它的第一场雨。

"谢式勋,你的信。"身着绿色邮服,挎着绿色邮包,披着绿色雨衣的乡邮递员,站在我家大门口喊。这回,他骑着辆通身绿色的自行车。

看那信封,父亲对母亲说是南阳外婆寄来的。

父亲将信递给我:"念给你妈听。"

"……出伏入秋,天凉快下来,趁着秋收还没有开始,我想去瞧瞧你们。式勋和外孙子、外孙女们我一个都还没见过。我七十出头了,不往你们那跑一趟,往后再想跑,那浑身上的病叫我也不敢了……"

信的落款是外甥女申秀琴代笔。母亲说,秀琴是三舅的大闺女,初中毕业,在家干着农活。

一九七二年秋,我上小学四年级,已认得全信中的字。

一九七二年秋,距母亲一九六二年春第一次去寻找外婆,过去了十年时光。

尽管十年中母亲大概还去探望过外婆两回,现在听外婆说她要到我们家里来,母亲仍激动不已:"小民,你代我和你爸给你外婆回信,叫她能快些来。"母亲嘱咐我。

也就是回信半个月,外婆由秀琴表姐陪着,来到我们家。

那天放学回来,竟先是外婆帮我撩开门帘的。

外婆站在堂屋中央,仔细端详着我。

"外婆。"站在一旁的母亲催我,我羞羞涩涩叫道。

"好,好。"外婆满脸挂笑,乐呵呵答应。

"还有你秀琴姐。"母亲拉过站在外婆身边的秀琴,又说。

我放妥书包,这才转过身看切了眼前的外婆。

我没有想到,外婆个头会这么高,几乎可与父亲比肩。我更没有想到外婆这么高大的身躯,足下却是裹着的三寸金莲。唯一令我不曾感到惊奇的是,在母亲的脸盘上分明可以看到外婆的影子:微突的颧骨、粗黑的眼眉、凸起的眉骨,同样白皙的肌肤……

外婆在我们家一点也不生分,穿着她那身蓝衫黑裤,做着所有的家务。秀琴姐到底腼腆些,她上身穿枣红底、黑色碎花短袖衫,下身着灰色暗条纹裤,心灵手巧,让母亲把要做的应冬衣被全部抱了出来,拆洗缝补,母亲省去了不少精力。

"这就要秋收了,我和秀琴该回了。你三哥也上了年纪,秀琴是主劳力呢。"外婆住了快一个月,秋收之前,带着母亲为她准备的一袋子红薯粉条,心满意足,返回南阳镇平。当然,心满意足的还有母亲。

妹妹上了小学。我小学毕业就要到邻村去读初中。

母亲还是没有再拎过那只短腿矮凳,到屋南抱廊去独自哼唱坠子。

那场运动最终结束。

母亲最终没有拎过那只短腿矮凳,到屋南抱廊去独自哼唱坠子!

坠子,在我们的记忆里被完全忘却。

又来临了一个秋天。

秋玉米收获在即,学校照例放秋收假。

秋日的平原,阳光疏朗,即便是遥远的天际线,目光都能够清晰可及。秋雨也频频开始造访。我们其实在心里盼望这样的雨天,大人们不得不停下手中的活计稍事歇息,而我和妹妹就做老师留下的作业。

"啪、啪、啪、啪……"里屋突然传来檀木板的声音。我过去张望,母亲神情专注,一边扭着身腰,挥着手势,转着步法,一边自说自唱。

"妈,你这是做啥呀?"我问,反而觉着了好奇。

"小孩家,没事甭乱问,也甭出去乱说。"其实,我知道母亲这是在练功,只是好久没见到她这样习练坠子了,心里不免生疑、惊讶。

"秦生啊,能不能去南街把你大花姐叫来咱家,妈想同她说些事。"这日的雨天正赶上星期天,二哥从工厂里回家过周日。

母亲所说的大花姐,是同村的远本家,还和二哥同厂,并同在厂文艺宣传队。这时,我好像明白了母亲这阵子为何这么专注地练功。

大花姐在我们那一带早已因豫剧唱得好而颇有名气。她还因了这特长而被二哥所工作的那座工厂挑中,特招进厂在文艺宣传队担当主角。二哥大概受母亲和家庭熏陶,有些艺术天赋,吹拉弹唱演都能来上一下子,较大花姐早些进厂宣传队。他和大花姐常常同休周日。

夜色临近,雨照样毫无倦意滴答滴答地在下,秋的凉意淡淡弥漫开来,让夜平添了些许静谧和一丝的萧瑟。

"婶呀,您叫我?"二哥把大花姐带进家门。

她个头不高不矮,身段匀匀称称,圆的脸,圆的眼,嘴儿小巧,鼻儿小巧,浑身上下透出灼灼灵秀之气。

"大花啊,越来越俊气了!"母亲赶紧拉过大花的手,将她引进里屋,脸上现出难得的笑意。

"婶子说羞我了，看您年轻那照片，那才叫漂亮咧。"大花和母亲都有些不好意思。

"您叫我做啥？婶子。"她接着问。

母亲顿时收拢了浅笑，用略带疑虑的目光看着大花，叹了口气，像似在下着最后的决心：

"你愿意跟婶学坠子书么？你那云妹和霞妹没那个兴趣也没那个天分。"母亲轻着声问，坐到床沿上。彩云和彩霞是姐和妹的名字。

"学坠子？"大花姐瞬间张大了眼。

"我这下半辈子不可能再说唱坠子书了，没想到恁好的东西会到我这为止了，真不甘心啊！我就想把这套的说法、唱法，说词、唱词，打板技艺传授给你，要不失了传多可惜呀！"母亲把思虑了好久的话向大花全盘托出。我和站在一旁的二哥能真切感受到她话语间的伤感和悲切。

"好啊！好啊！我好几回都想张口，还担心您不答应呢。"大花姐先前是没少往我们家跑，曾请教过母亲颇多演唱豫剧上的事。

母亲迟疑片刻，大概不敢相信大花姐会这么爽快地应承。她扭头抬手，粗糙的双掌紧紧捂住双眼，抑制着激动的情绪。少顷，她起身走到床尾，那儿架着一只红色木箱。

母亲轻轻打开箱子，从箱底摸索出一只红绸包裹，手颤抖着层层剥开，那双乌黑铮亮的檀木板显露出来。

"这是当年俺爹开始教俺坠子时专门买给俺的，花了好几十块大洋。后来，也给凤婷、喜婷买过，但都不及这双好。它跟随俺三十年，用了它二十多年，真舍不得……"母亲捧起檀木板，在眼眶里噙了许久的泪，还是掉落了下来。

我看到了大花姐也用手背去抹眼角。

"檀木板只有说唱坠子才用，要用得得心应手非下一番苦功不可。今个儿俺把它传给你，俺对自己有了交代，对坠子有了交代，对九泉下的俺爹也有了交代！"母亲这时泣不成声。吊在顶棚上的电灯发出的黄光忽亮忽暗，电压不稳而造成它有致的一明一昏，像黑暗中伸过来的一只手在抓挠人心。

"婶，您尽管放心，您这样看得起我，我一定跟您好好学。不过，我这脑子也有不常开窍的时候，学得不好您还得多担待。"大花显然被母亲的举止所感动，话语里夹杂着颤声。

自此，母亲像似了却了一桩心愿，完成了一个仪式，她的心或许轻松了下来。

"天地赏赐万物生，存亡都在宇宙中；功名利禄总归去，进退去留何必争。"这是若干年后我读到的一位将军的诗作，人生该如此，生活该如此，世事何尝不是如此？

自此，每到星期六傍晚只要大花姐回家，晚饭后她准会来到我家，和母亲躲在里屋，一招一式跟着母亲学习说唱坠子，三个年头，直到厂里的剧团解散。

自此到七十年代末我当兵西安，再也不曾听见母亲提起任何有关坠子的事。

果然应验了"铁打的营盘流水的兵"的俗语。一九八〇年四月底，我当兵不足半年，便开始了长达八年的奔波辗转，西安、西宁、石家庄、广州、桂林、南宁，一九八八年六月我由南宁再回广州。我的意识里，我们全家人的意识里，包括从部队复员做了火车司机的大哥的意识里，有关坠子的记忆已然不复存在。

无言者并不一定无心。依然沉默着的母亲，她真的就死了坠子的心么？

一九九二年八月，我三十二岁时儿子降生。儿子长到一岁，我把六十岁出头的母亲接到广州的军营里来帮着照看。

又一个冬天来临了,一九九三年的。老家河南已落下纷纷扬扬的雪,广州却还在过着风和日丽的"春天"。我住着的房子阳台向西,西天的晚霞往往等到太阳消失于地平线许久了,还那么火焰般地燃烧着。儿子贪睡,每天这个时候母亲就会抱起他,坐到阳台上去,横抱他于怀,让他枕着她的胳膊,另一只手轻轻拍打着他……

下午五点半,广播里传来下班的军号,一曲曲高亢的军歌在营院上空回荡。走上家属楼,我开锁推门:

> 爹开怀,娘放意。哥宽心,嫂莫虑。女儿不是夸伶俐,从小生得有志气。纺得纱,绩得苎,能裁、能补、能绣刺;做得粗,整得细,三茶、六饭一时备;推得磨,捣得碓,受得辛苦吃得累。烧卖、匾食有何难,三汤、两割我也会。到晚来,能仔细,大门关了小门闭。刷净锅儿掩橱柜,前后收拾自用意。铺了床,伸开被,点上灯,请婆睡,叫声安好进房内。如此服侍二公婆,他家有甚不欢喜?

母亲,竟在哼唱着坠子!

有人说,"爱"是内心的运作,看不见,抓不着。照我说,"爱"更有看得见的行为显现。现在,我们母子已共同生活了三十余年,作为母亲生活的亲历者,她热爱坠子的行为外显,更说明她对坠子的爱早已嵌入了灵魂!

"妈!"我惊呼一声。

我呆立在房厅与阳台之间。

母亲继续哼唱着坠子,轻轻拍打着她成天念叨的孙子。

我的记忆追随着母亲的哼唱,回到了跟随她漂泊的童年,脑海里

接着就现出爷爷、奶奶、大哥，现出梁麦季、杨坷垃、"三不照"，现出昏黄的灯光下的大花姐……

我的泪水奔涌而出：

我是看到了晚霞笼罩的母亲越发佝偻的身躯？

我是瞧见了岁月赠予母亲那已银丝夹杂的苍发？

我是目睹了母亲对孙子那百般地慈爱？

我是听到了母亲正哼唱着那久违了的坠子声！

"你没听今儿个这广播里放的是啥？"母亲知道我已站在了她的身后，平静地问。

我这才扎耳细听，营院的广播里此刻正在播放豫剧选段《花木兰》。豫剧！花木兰？！

我惊奇于母亲的精神记忆！

我任凭自己的泪水，尽情奔流！

"我哼着坠子给我孙子听呢。说不定再过几年我还能教我孙子说唱坠子书哩。"

晚霞依然笼罩着母亲，母亲仍低着声哼唱着坠子，轻轻摇晃臂弯中的孙子。而我却分明看到儿子的脚脖子上正系着母亲曾无数次从她贴身内衣兜袋里掏出来凝视的那根红绳子……

2016 年 6 月 29 日初稿于广州南湖五味斋
2017 年 5 月 31 日定稿于广州南湖五味斋

后记：打开心扉却见彩虹

人走了三年，在家乡是要为他（她）做一次隆重的"三周年祭"的。至于三周年过后，那就要看各人的心性了。父母过世后葬在河南老家，距我生活和工作的广州差不多隔着三千里，所以，在我心里并没有"周年"这个概念。外出学习、开会、采访，甚或旅游，只要路过家乡，我都会来到父母坟前，摆上供品，然后再烧一大捆纸钱。但"三周年祭"我一定得给他们过。

父亲去世三周年，我写下一篇怀念他的文字。母亲去世三周年，我正准备写一篇怀念她的文字。

这个时候，有朋友说：可惜了你母亲的人生故事了！为什么不能完完整整地写写她呢？朋友的话敲到了我的心痛处。是的，我的记忆里有关母亲的一辈子，不说上大半天是述说不完的；而且，每次的讲述我总是控制不住情感，止不住流泪或哽咽。较之于他人之母，我的母亲不止一次给予我生命。一九六一年春夏之交，我不过出生七八个月，生活艰难，我恰身染重疾，气若游丝，大概连上帝都要放弃我了。"他不断最后一口气，我决不会丢掉他！"是母亲的坚守和呼唤，方有今日的我端坐在书桌之前，写下些有我不多缺我不少的文字。

其实，好好写写母亲，我早有此心，所以迟迟未敢动笔，最担心的是怕把持不住自己的感情，更怕因我笔力不逮，反而令原本充满苦

难而辉煌的母亲的人生，失却了它感人的魅力。

"你不要小看了你的母亲，她的人生际遇、命运，她自觉或不自觉地对于艺术的追求，自觉或不自觉地传承着的民间文化，不管过去、当下，还是今后，你不觉得它都有不可低估的社会价值吗？"朋友所讲的正说到了我思考了许久的话题。

我知道，我找到了写作母亲的全部意义。

在兄弟姊妹们张罗着如何将母亲的"三周年祭"办理得隆重而体面时，我却在想操办这样的祭祀礼，它真正的目的难道不是在为我们提供一次追问生命的契机，追问逝者也追问自己？

母亲的"三周年祭"，很是风光地在我家老院操办，亲友来了七八十口，光待亲午饭的十数张饭桌，就接龙一样从堂屋摆到庭院，再从庭院摆到大街，煞是热闹。也就是在这个时刻我终于做出决定，写一本小书完整地叙说母亲七十余年或苦难坎坷，或荣耀辉煌，或失落困顿，或幸运顺随的大半生生命历程。

应该说有关母亲的故事，因为有我们娘俩曾经多回唠叨的底子，并不缺乏写作素材。但若成书，将各个故事有机连接成文，尤其写出故事后面母亲的坚韧的精神、通透的人性和艺术的情怀，写出那个动荡时代的社会嬗变和人情世故，写出出彩的小人物比如于圆德、高姓汽车司机、"三不照"，也都不那么容易。于是，在尽可能收集到相关资料的同时，我开始游走、采访、求助。我自己开着车从广州直奔河南杞县，找到爷爷、奶奶曾经居住的那座农家小院，登上窑烧砖和水泥板垒成的平房屋顶。这平房就是在我出生的那间茅草屋的基础上重建而成的。院落中的那棵数次挂着马灯，印证着母亲和大哥配弦，为街坊邻居试着说唱坠子书的枣树，如今被一棵柿子树所取代。不过，柿子树同样枝繁叶茂，硕果累累。此刻正值秋末，枝条上坠满金黄色的柿子。

站在如今居住着另外一户人家的我所出生的小院,我的思绪像勒不住缰绳的马,上下翻腾,东奔西突。爷爷、奶奶、母亲,他们的身影似乎就在这院子里走动着,甚而侧耳能隐约听到他们在屋子里的说话声……这座院子我是有记忆的,二十世纪六十年代,距我出生后七年或八年,也就是在爷爷辞世后不久,父亲曾带着我来探望孤身的奶奶。一晃,又近五十年过去,半个世纪后的造访,怎不叫我感慨万千!这儿不仅是坠子的发源地,也是我生命的根啊!母亲生前还告诉过我,我出生时所剪下的脐带,按照当地风俗埋在这间屋子正中央的地下……

出差北京,我借道河南新郑,大哥一家人现在生活在那里。大哥是母亲人生重要阶段的亲历者、见证者,加之父亲生前曾经给他讲述过不少往事,他自然比我们四兄弟姊妹知道得更多。为避免纷扰,我和大哥在新郑一家宾馆住下,彻夜长谈,他说我记,我问他答。渐渐,上世纪六十年代之前的爷爷、奶奶、父母亲的形象、往事,越发清晰地呈现在我的想象空间里,并逐渐丰沛、复活。

我还努力搜寻记忆中的蓝田。一九八一年春天,我在西安当兵,父亲来部队看望,并带我去蓝田,为安息在那儿已经二十一年的祖母扫墓。二十一年物是人非,当年租住房屋的东家也已作古,所幸他儿子大虎顶门立户,不过他人已到了中年,不免面色沧桑,记忆力却强着。尽管祖母的坟头早被平去,但大体位置他和父亲都是记得的。午时,他拉起风箱,亲自操作,为我们父子制作了当地的醪糟鸡蛋。当然,他俩的话题离不开当年父母居住于此时的点点滴滴。那会儿,我还不曾有写作这段历史的设想,但对于我曾经"死去活来"的再生之地、城中小院,我下意识里记牢了这一天他们二人所有的对话,包括这座小院里的一切。岂料,二十五年后它真的派上了用场。在蓝田生活的那几年,二哥长了记忆,我也不断打电话给他,他也提供了不少有用的素材。

我更托了朋友,请他们帮我找到了《临颍县志》。

每年大年三十傍晚吃团圆饭之前,我都会将父母的遗像从抽屉里取出,擦拭之后恭恭敬敬摆到我书房一侧一张桌子上,供上食物、水果、点心等供品。其中,必有一盘卤牛肉,那是父亲生前颇为喜爱的,尽管,在十二生肖中他属牛。然后,我会点上三炷香,为父母作三个揖,插进专门买来的香炉,注视着父母慈祥的面容,心里默默念叨上几句什么。这一切我都是从父亲那儿学来的。少时在家即便我当兵之后回家过年,每年大年三十晚上吃团圆饺子之前,父亲都会把先祖、众神的牌位请出来,让我到院里去放鞭炮,他便摆上新出锅的饺子,点燃三炷香,毕恭毕敬地揖拜。不做完这一切,任谁都不允许动筷子。二〇一五年大年三十傍晚时刻,我痴痴地看着那几缕青烟,在父母像前袅袅升腾,便知道了那烟是会联通我的灵魂与远在天界的父母的灵魂的,就在心里说:妈,我要开始写写您了……

二〇一六年春节后,我开始动笔。

而一旦开笔,我则时刻告诫自己因了母亲人生际遇的特殊,母亲所处的那个时代的特殊、所从事的坠子书说唱艺术形式的特殊,行文的视野必须开阔。尤其,当我关注到我们的文化在一代代传承过程中,类似于爷爷、奶奶、母亲他们这些所谓民间"草根"力量的作用绝不可被低估时,我便更加清楚地意识到我写作母亲,不再仅仅是写她一个人的事情了。

我总在想,文章的大气象当从何而来?

格局决定结局,我得特别关注格局。

写作过程有时是痛苦的。其痛苦源自于爷爷、奶奶、父亲、母亲似乎都复活在了眼前,而我则发现我内心里其实还有许多想说给他们的话,还有许多我应尽而未尽到的孝道。例如,父亲一九九一年十一月去世前,我在广州工作生活已过了三年,这期间尽管父亲处在病痛的折磨中，但轻便的活动还是可以的，我怎么就没有想到接他和母亲一块到广州来小住上一段日子，看一看他不曾来过的广州？又如，在他去世前十几天，我结束在北京的出差，顺便回家探望他，此时他卧病在床。因为是顺路我在家不可多待，临出门把三十块钱塞到他枕下，说："爸您愿怎么花就怎么花。"父亲没有说话，含泪看着我，他一定是感觉到了什么。岂料，这竟成了我们父子的永诀！而我当时怎么就没有想到多塞给他几百块呢？多了这几百块够他到医院去检查一下病情也好！想到母亲更是愧疚，自儿子出生后，母亲在广州我这儿住的日子多起来，她帮我照看儿子，我则刚好照应到她。有时闲下来她在偌大的校园里找老头、老太太们谈天，经不住小商小贩们的游说，把我给她的零花钱净买些劣质的童鞋、童袜、童帽、童衣拿回家，或者买些廉价的小商品，准备回河南老家时送人情。每当这时我会忍不住"数落"她几句，说她花了冤枉钱，遭了人家的骗，令她心里格外难过。但母亲要么隐忍不语，要么后来把东西藏起来，不让我看到。这些，都是我曾经的"罪过"！

我心里总是惴惴不安于自己的"罪过"，满怀着感恩和悔意，想用写作母亲这段历史去救赎已往的"罪过"。它并且真切地触动了我的情感，仿佛感知到了母亲的岁月所积淀的欢愉和疼痛。甚或，我都感觉到了文脉的律动，明了了那个时代的社会为何乱象纷生的因由。当然，写作的愉悦亦时有发生，尤其，一旦摆脱述说个人或家庭血泪和悲伤苦难故事的格局，我便知道自己终将写出的是什么了。我愿用我笨拙的笔墨，去真实记叙母亲那些看不到的无形之存有；愿用我单薄的笔力，去践行那看似带不来现世利益的使命。借用一位作家的话说，那就是我好像藏传佛教虔诚的信徒，在格子纸上磕着等身长头，一个字一个字地修行，实现灵魂的朝圣。

一部书的出版和问世，一定会有好运相伴。我的这部作品似乎运

气更好：它刚成书稿，我便将它寄给人民文学出版社我敬重的脚印老师提意见，给些指点，不想竟被她相中；而我因怕达不到出版社出版要求，原本是不打算在人民文学出版社出版的。这不是它的幸运么？我和作家、评论家殷实先生并不认识，至今也未曾谋面，朋友们热情地介绍请他为这本小书写序。朋友说，殷实先生极其严肃、负责，而且学识、涵养深厚，从他为其他作家所写的序看，篇篇评则中肯到位，论则恰如其分，既无过誉溢美之词，但该褒扬又不惜笔墨。看了殷实先生写来的序，令我佩服和感动。这是这本书的幸运。彭石根先生是知名老画家，作品在市场上有不菲的价位，然而，这本书的藏书票和插图，该是他第三次为我的书而专门创作的。之前，我所出版的两本散文集，彭石根先生用了不少精力创作藏书票和插图。遇到彭石根先生是我这几本书的幸运，也是我的幸运。著名文学评论家、中山大学中文系教授、博士生导师谢有顺先生，向来关注我的写作，时有忠言在耳。打算出版此书便想请他题写书名，他应允不辞。观其所写果然大气且不失俊秀，文气充盈，为小书增添了大成色。念兹感兹我敬重的朋友们！

我用纯真的眼光去寻找和发现，满含深情和真挚而写作，盖既希望于拿到这本有书缘的读者诸君，能静下心来读它。我记得曾有人说：慢下来，才能感觉到我们所拥有的，是多么的丰足！

谢新源

2017年6月末于广州南湖五味斋